ELEFANTEN IN PANZERN

Wohl jeder wird von sich behaupten, eine Landschildkröte auf Anhieb als solche identifizieren zu können. In Wirklichkeit sieht es allerdings so aus, daß die Bezeichnung "Landschildkröte" oftmals nicht zutrifft, denn nicht jede Schildkröte, die man an Land antrifft, ist tatsächlich auch eine Landschildkröte. Dieses Buch beschäftigt sich mit den Gattungen und Arten von Landschildkröten, also mit Schildkröten, die nicht nur vorübergehend, sondern ständig terrestrisch (an Land) leben, keine Schwimmhäute zwischen den Zehen der Vorder- und/oder Hinterfüße besitzen und Vertreter der Familie Testudinidae sind. Die Bezeichnung Landschildkröte trifft weder auf die Dosenschildkröten der Gattung *Terrapene* (Familie Emydidae), noch auf die zahlreichen Halswenderschildkröten zu, die alle zu den Wasserschildkröten gehören, also einer mehr oder weniger aquatischen oder semiaquatischen Lebensweise nachgehen. Von den derzeit etwa 40 anerkannten Arten der Familie Testudinidae sollen hier einige der am häufigsten gepflegten beschrieben und diskutiert werden. Es werden jedoch auch andere Gattungen und Arten angesprochen, die für den erfahrenen Pfleger von Interesse sein können und bei denen die Hoffnung besteht, daß sie früher oder später einmal ihren Weg in die Terrarienwelt finden.

PHOTO BY P. FREED

Die Celebes- (oder Sulawesi-) Landschildkröte (*Geochelone forsteni*) ist eine "typische" Landschildkröte, die deutlich die Merkmale dieser Tiergruppe zeigt: elefantenähnliche Gliedmaßen, eine triste Färbung und einen hohen Panzer.

WAS SIND LANDSCHILDKRÖTEN?

Es trifft sicherlich zu, daß in fast jedem Buch über Landschildkröten ein Kapitel mit dieser oder einer ähnlichen Überschrift zu finden ist. Dennoch ist es wichtig, dem Leser auch hier den Einstieg in das hier behandelte Thema durch einige grundlegende Erklärungen zu erleichtern. Landschildkröten sind ganz besondere Tiere, die schon seit Urzeiten fast überall auf der Erde existieren oder zumindest einmal existiert haben. Die einzigen Ausnahmen bilden neben den Polarkappen Australien und die Inseln im südlichen Pazifik. Fossilienfunde beweisen, daß Landschildkröten bereits im Zeitalter des Eozän auf der Erde lebten, also vor mehr als 50 Millionen Jahren. Die heute bekannten Arten sind dementsprechend ausgezeichnet an ihre Lebensräume und -bedingungen angepaßt. Bis auf wenige Ausnahmen sind sie Vegetarier und ernähren sich von verschiedenen Früchten, Blüten, Blättern und selbst trockenen Gräsern. Es gibt nur ein paar Arten, die in Wassernähe zu finden sind, und sehr wenige, die regelmäßig größere Fleischmengen verzehren. Landschildkröten könnten, in Hinsicht auf ihre Ernährungsweise, als die "Weidetiere" unter den Reptilien bezeichnet und mit Tieren wie der Antilope, dem Büffel und in gewisser Weise sogar mit dem Elefanten verglichen werden. Von dem relativ ähnlichen Futterspektrum abgesehen sind Landschildkröten untereinander fast genauso so vielgestaltig wie diese pflanzenfressenden Säugetiere. Die typische Landschildkröte besitzt einen mehr oder weniger gewölbten (konvexen) Rückenpanzer, der vom Fachmann als der Carapax bezeichnet wird. Die Vorderbeine sind abgeflacht und berühren sich fast wenn sie in den Panzer eingezogen werden. An den Vorderfüßen befinden sich jeweils vier oder fünf gut ausgebildete Krallen. Die Hinterbeine sind säulenartig stämmig und enden in ovalen Hinterfüßen, die über dicke Sohlen und kurze, sehr stabile Krallen verfügen. Bei den meisten Landschildkröten sind Kopf und Beine braun gefärbt und manchmal mit einzelnen roten oder gelben Schuppen besetzt. Im Gegensatz zu vielen Wasserschildkröten sind ihre Beine nie mit farbigen Streifen gezeichnet. Männliche Landschildkröten besitzen gewöhnlich einen langen, dicken Schwanz und einen mehr oder weniger deutlich konkaven Bauchpanzer (Plastron). Diese nach innen gewölbte Form ermöglicht es dem Männchen, fast aufrecht zu stehen, wenn es den Rücken eines Weibchens zur Paarung besteigt. Männliche Landschildkröten sind bei der Paarung oftmals ausgesprochen geräuschvoll und stoßen verschiedene Grunz-, Stöhn- und Zwitschertöne oder sogar schrille Schreie aus. Wie bei allen Schildkröten sind auch die Panzer der Landschildkröten mit Hornplatten, sogenannten Schildern, bedeckt, die das darunter befindliche Knochengerüst bedecken. Betrachtet man den Carapax von oben, so erkennt man, daß dieser von vielen kleinen Schildern eingerahmt ist. Diese Randschilder nennt man Marginalia. Auf der Mitte des Rückenpanzers verläuft eine Reihe großer, fast quadratischer Zentralschilder, die als die Centralia oder auch Vertebralia bezeichnet werden. Seitlich, zwischen den Centralia und den Marginalia, befinden sich die Costalia (Rippenschilder). Die Marginalia und Costalia sind paarig vorhandene Schilder, wohingegen die Centralia unpaarig sind. Bei einigen Arten befindet sich zwischen den vordersten Randschildern, direkt über dem Nacken, ein unpaariges Nacken- oder Halsschild, das Nuchale. Die hintersten Randschilder, rechts und links des Schwanzes, sind die Supracaudalia, also die Schwanzschilder. Bei einigen Arten existiert nur ein solches Schild, das mittig über dem Schwanz sitzt und in diesem Fall als das Pygale bezeichnet wird. Die Schilder des Plastron (Bauchpanzer) und die Verbindungen zwischen dem oberen und unteren Panzerteil (Brücke), tragen ebenfalls spezielle wissenschaftliche Namen. Da sie jedoch in diesem Buch kaum Erwähnung finden, sollen sie an dieser Stelle auch nicht weiter erklärt werden. Normalerweise bereitet die Identifizierung von Landschildkröten anhand der vorher aufgeführten Merkmale nur selten Probleme. Wie erwähnt, sind zwischen den Zehen vorhandene Schwimmhäute ein eindeutiges Zeichen dafür, daß es sich um eine Art von Sumpf- oder Wasserschildkröte, jedoch mit Sicherheit um keine Landschildkröte handelt. Diese Schwimmhäute sind eine Anpassung an ein ausschließliches oder zumindest überwiegendes Leben im Wasser. Die meisten Landschildkrötenarten lassen sich untereinander relativ einfach anhand ihrer Größe und Zeichnung sowie einigen spezifischen Eigenheiten der Schilder unterscheiden. Im Gegensatz zu vielen anderen Reptilien kann man die Schilder einer Landschildkröte deutlich mit bloßem Auge erkennen und so im Regelfall eine relativ zuverlässige Bestimmung vornehmen.

WIEVIELE ARTEN GIBT ES?

Wie bei den meisten Tiergruppen herrschen auch hier unter den Experten Unstimmigkeiten über die exakte Anzahl, die gültige Namensgebung und die Gattungszugehörigkeit der Landschildkröten. Die folgende Auflistung soll dem Leser einen groben Überblick über die derzeit wissenschaftlich anerkannten Landschildkrötenarten vermitteln. In dieser Liste werden einige Arten nur namentlich genannt, finden jedoch im später folgenden Artenteil keine weitere Erwähnung.

Geochelone gigantea,
Seychellen-Riesenschildkröte
Geochelone nigra,
Galapagos-Riesenschildkröte
Geochelone pardalis,
Pantherschildkröte
Geochelone platynota,
Burma-Landschildkröte
Geochelone radiata,
Strahlenschildkröte
Geochelone sulcata,
Spornschildkröte
Geochelone yniphora,
Madagassische Schnabelbrust-Schildkröte
Gopherus agassizi,
Wüsten-Gopherschildkröte
Gopherus berlandieri,
Texas-Gopherschildkröte
Gopherus flavomarginatus,
Mexikanische Gopherschildkröte
Gopherus polyphemus,
Gewöhnliche Gopherschildkröte
Homopus areolatus,
Areolen-Flachschildkröte
Homopus bergeri,
Bergers Flachschildkröte
Homopus boulengeri,
Boulengers Flachschildkröte
Homopus femoralis,
Sporn-Flachschildkröte
Homopus signatus,
Gesägte Flachschildkröte
Kinixys belliana,
Glattrand-Scharnierschildkröte
Kinixys erosa,
Stachelrand-Scharnierschildkröte
Kinixys homeana,
Stutz-Scharnierschildkröte
Kinixys natalensis,
Natal-Scharnierschildkröte
Malacochersus tornieri,
Spaltenschildkröte
Manouria emys,
Braune Landschildkröte
Manouria impressa,
Hinterindische Landschildkröte
Psammobates geometricus,
Geometrische Landschildkröte

PHOTO BY P. A. RUTLEDGE

Dank der Fortpflanzungserfolge in der Terraristik sind heute Nachzuchttiere vieler Arten erhältlich, die zuvor nur selten gepflegt werden konnten. Hier junge Spornschildkröten (*Geochelone sulcata*).

Psammobates oculiferus,
Stachelrand-Landschildkröte
Psammobates tentorius,
Höcker-Landschildkröte
Pyxis arachnoides,
Spinnenschildkröte
Pyxis planicauda,
Madagassische Flachrücken-Schildkröte
Testudo graeca,
Maurische Landschildkröte
Testudo hermanni,
Griechische Landschildkröte
Testudo horsfieldi,
Vierzehen-schildkröte *
Testudo kleinmanni,
Ägyptische Landschildkröte
Testudo marginata,
Breitrandschildkröte

Viele dieser Arten besitzen Unterarten, von denen die Experten in etlichen Fällen glauben, daß sie eigentlich eigenständige Arten repräsentieren. Außerdem wurden einige der Gattungen in kleinere aufgeteilt, was vor allem auf die Gattung *Geochelone* zutrifft. Hier werden die Arten *G. elongata* (Gelbkopf-Landschildkröte) und *G. forsteni* (Celebes-Landschildkröte) von vielen Herpetologen der Gattung *Indotes*-

* Die Vierzehnschildkröte wurde lange Zeit als eigene Gattung, *Agryonemis*, geführt, wird heute aber vielfach schon wieder zu *Testudo* gezählt.

tudo zugesprochen. Es werden aber auch noch etliche andere, hier ungenannte Gattungen anerkannt.

GRUNDLAGEN ZUR HALTUNG VON LANDSCHILDKRÖTEN

Aufgrund der Tatsache, daß Landschildkröten mitunter sehr unterschiedliche Ansprüche an ihre Lebensbedingungen stellen, werden diese zu jeder Art individuell im Artenteil behandelt.

Generell sind alle Landschildkröten Vegetarier, die sich von zahlreichen Früchten, Pflanzen und Gemüsearten ernähren, warme Temperaturen mögen und unausgeglichene Klimaverhältnisse nicht tolerieren. Arten aus trockenen oder sogar wüstenähnlichen Gebieten, wie beispielsweise Vierzehenschildkröte, Gopherschildkröte, Geometrische Landschildkröte, vertragen keine hohe Luftfeuchtigkeit. Das heißt, wer in Klimazonen mit einer ständig hohen Luftfeuchte lebt, wird mit der Haltung solcher Arten Probleme haben, besonders dann, wenn die Tiere im Freien gepflegt werden. Aber auch im Terrarium wird man nur dann Erfolg haben, wenn man die vorhandene Luftfeuchtigkeit senken kann. Hier empfiehlt sich die Auswahl von Arten, die aus feuchteren Savannen kommen oder an Waldrändern leben und an solche Bedingungen besser angepaßt sind.

In vielerlei Hinsicht sind die größeren Landschildkrötenarten, wie die Köhlerschildkröte, Panther-Schildkröte und Spornschildkröte, für die Haltung am besten geeignet. Obwohl sie vergleichsweise teuer sind, gleichen sie dies durch ein schnelles Wachstum und eine bessere Klimaverträglichkeit aus. Durch ihr großes Körpervolumen sind sie besser als kleine Arten in der Lage, eine konstante Körpertemperatur zu halten und sind somit auch weniger anfällig für Atemwegserkrankungen - vorausgesetzt, extreme Klimaschwankungen werden vermieden, und es handelt sich nicht um frischgeschlüpfte, sondern bereits etwas größere Tiere.

Große Landschildkröten verschlingen willig enorm große Futtermengen, wohingegen viele kleinere Arten anfänglich das Futter manchmal verweigern. Der Nachteil bei der Haltung großer Arten liegt darin, daß in unseren Breiten selbst in Freilandgehegen fast das Jahr über eine künstliche Wärmequelle vorhanden sein muß, um die häufigen und erheblichen Temperaturschwankungen auszugleichen.

Die Auswahl

In jedem Fall sollte man versuchen, Nachzuchttiere von anderen Landschildkrötenpflegern zu erhalten. Gewöhnlich ist das gar nicht so schwierig, denn schließlich werden etliche Arten in ansehnlichen Stückzahlen, mehr oder weniger regelmäßig, in Terrarien und Freilandanlagen vermehrt. Wegen der strengen gesetzlichen Bestimmungen sind selbst die im Handel angebotenen Landschildkröten oft Nachzuchttiere.

Weltweit zählen heute Landschildkröten zu den bedrohten Tierarten, sei es nun, weil ihre natürlichen Lebensräume zerstört sind (Abholzung und Urbarmachung von Wäldern und Savannen), sie wegen ihres Fleisches als Delikatessen galten oder teilweise noch gelten, sich ihre Panzer als Souvenirs größter Beliebtheit erfreuen oder ganze Populationen durch Absammeln für den Tierhandel ausgelöscht wurden. Es spielt eigentlich keine allzu große Rolle, welche dieser "Vernichtungsarten" für die drastische Dezimierung der Landschildkrötenpopulationen verantwortlich ist, denn sie haben alle eines gemeinsam - sie werden vom Menschen ausgeführt.

Der Erwerb von Wildfangtieren verstärkt dabei nicht nur den Druck auf die Wildpopulationen, sondern birgt auch für den Pfleger einige Nachteile. Wildfänge haben oftmals beschädigte Panzer, sind mit teilweise lebensbedrohenden Innenparasiten wie Würmern und Einzellern verseucht, und viele sind an sehr spezifische Klimabedingungen und Futterarten angepaßt, die der Pfleger vielleicht nur mit viel Aufwand oder gar nicht bieten kann.

Einer der wichtigsten Punkte beim Erwerb einer Landschildkröte ist, niemals ein Tier zu kaufen, das völlig inaktiv ist, sich beim Hochnehmen "hohl" anfühlt, tränende oder geschwollene Augen hat oder beim Atmen durch die Nase Bläschen produziert. Man sollte sich auch die anderen, im gleichen Terrarium befindlichen Tiere genauestens ansehen. Wenn nur eines von ihnen eine feuchte, sekretverschmutzte Nase hat, bestehen gute Chancen, daß bereits auch alle anderen Insassen dieses Terrariums mit einer gefährlichen Atemwegserkrankung infiziert sind. Aus diesem Grunde sollte jede neuerworbene Landschildkröte für mindestens sechs Wochen in einem Quarantänebehälter gehalten werden, um sicherzustellen, daß das Tier nicht an ansteckenden Krankheiten leidet und diese auf bereits vorhandene Schildkröten überträgt.

Da es sich bei den meisten Landschildkröten nicht nur um kostspielige, sondern auch um normalerweise sehr langlebige Tiere handelt, empfiehlt es sich, jeden "Neuzugang" einem erfahrenen Tierarzt vorzuführen und auf eventuell vorhandene Krankheiten und Parasiten untersuchen zu lassen. Heute gibt es jedenfalls keine akzeptable Entschuldigung mehr dafür, wenn eine angeblich gesunde Landschildkröte nach nur ein- oder zweijähriger Haltung stirbt.

Die Unterbringung

Bis auf wenige Ausnahmen benötigen Landschildkröten eine Möglichkeit, die warme Jahreszeit zumindest überwiegend im Freien zu verbringen. Kleine Exemplare sowie kleinbleibende Arten können zwar in angemessen großen Terrarien im Zimmer gehalten werden, doch wachsen sie oftmals langsamer und erscheinen schwächer und farbloser als ihre im Freien lebenden Artgenossen.

In den meisten Gebieten der nördlichen Hemisphäre wird der Pfleger für die Dauer der kalten Monate sowie für feuchte, kühle Frühlings- und Herbstabende eine Unterbringung im Haus benötigen, wenn die Außenanlage nicht beheizbar ist. Man kann allerdings davon ausgehen, daß die meisten Einsteiger in die Landschildkrötenpflege mit einem kleineren Tier beginnen, das zumindestens über einen längeren Zeitraum im Terrarium gehalten werden kann.

PHOTO BY P. A. RUTLEDGE

Ein schönes, fast schon übertriebenes Beispiel eines Schildkrötenhauses für eine Spornschildkröte (*Geochelone sulcata*). Ein solcher Unterschlupf muß den großen und sehr kräftigen Tieren standhalten können.

Ein Landschildkrötenterrarium sollte so groß wie möglich bemessen werden. Viele Pfleger lassen ihre Landschildkröten auch frei im Haus oder in der Wohnung herumlaufen, was natürlich voraussetzt, daß keine anderen Haustiere wie Katzen oder Hunde vorhanden sind. Bei dieser Haltungsweise muß unbedingt darauf geachtet werden, daß sich die noch kleinen Tiere nicht zwischen Tür und Türschwelle quetschen können und dann beim Öffnen der Tür eingeklemmt und verletzt werden. Halten sie sich in separaten Räumen wie einem warmen Keller oder Schuppen auf, so dürfen dort keine Insektizide, Rattengift oder andere Giftstoffe verwendet werden, und in den Wänden dürfen sich keine Risse oder Löcher befinden, durch welche sie entweichen könnten. Landschildkröten sind bereits als Jungtiere ausgesprochen kräftig und können sich in relativ kleine Öffnungen hineinquetschen, hinter alle

Eine ausnehmend schöne Köhlerschildkröte (*Geochelone carbonaria*). Der Rotanteil auf den Köpfen dieser Tiere ist sehr variabel. Nachzuchttiere sind robuste, langlebige Pfleglinge, vorausgesetzt, sie werden unter optimalen Bedingungen gehalten.

möglichen Gegenstände kriechen oder sich durch einen Spalt unter der Tür mühelos einen Weg nach draußen bahnen. Eine offenstehende Tür ist natürlich geradezu eine Einladung wegzulaufen.

Die Freilandhaltung erfordert, abhängig von der Größe der Tiere, nicht unbedingt ein Freigehege. Man kann genauso gut ein Terrarium mit einer ausreichend großen Bodenfläche nach draußen stellen, solange man die Möglichkeit hat, dieses problemlos zu transportieren und nicht die Gefahr des Überhitzens durch einen Wärmestau besteht. Obwohl ein Schildkrötenterrarium auch aus Plastik bestehen kann, ist einem Vollglasbecken dennoch der Vorzug zu geben. Plastik wird zu schnell von den scharfen Krallen zerkratzt und dadurch unansehnlich Außerdem wird man ein Plastikterrarium mit den erforderlichen Abmessungen nicht so einfach auftreiben können. In jedem Fall muß jedoch ein Landschildkrötenterrarium oder -gehege im Freien oben mit Kaninchendraht oder Gaze verschlossen sein, damit Katzen, Hunde, Vögel, Mäuse und Ratten nicht hineingelangen können. Das gilt auch für Zimmerterrarien, wenn andere Haustiere oder Kinder im Haushalt leben.

Bei der Freilandhaltung befindet sich das Gehege idealerweise an einem Standort, wo Gras oder Sand als natürliches Bodensubstrat vorhanden sind. In einem Terrarium sollte das zu verwendende Bodensubstrat dem natürlichen Bodengrund in der Heimat der Tiere so ähnlich wie möglich sein, sich jedoch auch einfach sauberhalten und austauschen lassen. Es ist in jedem Fall darauf zu achten, daß das Substrat für die Tiere in jeder Hinsicht ungefährlich ist - chemisch behandelte oder scharfkantige Substanzen (grobe oder dunkle Hartholzspäne) sowie grober Kies oder Katzenstreu sollten gemieden werden. Landschildkröten haben die Angewohnheit, alles mögliche anzuknabbern oder in ihrer Futtergier zu verschlucken. Scharfkantige oder größere Steinchen und mit Chemikalien behandelte Stoffe können dann zu schweren Verdauungsstörungen, Magen - Darmverschlüssen bis hin zu lebensgefährlichen Vergiftungen führen. Am besten sind gut ausgewaschener Flußsand oder saubere, ungedüngte Blumenerde geeignet, je nachdem, aus welchem Biotop das zu pflegende Tier stammt. Wer es sich ganz einfach machen will und keinen Wert auf ein ästhetisches Aussehen legt, der kann auch Zeitungspapier oder Haushaltspapier verwenden. Ein solches “Substrat” ist zweifelsfrei billig, saugfähig und wird auch bestimmt nicht gerne gefressen. Allerdings gehen die Meinungen darüber weit auseinander, ob die Druckerschwärze ein Gesundheitsrisiko darstellt, wenn das Papier dennoch gefressen wird. Ob man sich nun für ein natürliches Substrat oder lieber für die einfache, aber unansehnliche Haltung auf Papier entscheidet, sei jedem selber überlassen, Hauptsache, das Material ist unbedenklich.

Alle in einem Zimmerterrarium gepflegten Landschildkrötenarten brauchen Tageslichtbeleuchtung. Bei der Haltung im Freien erhalten die Tiere die lebenswichtige UV-Strahlung und Wärme durch das Sonnenlicht. Leider sind die Sonnenstunden in unseren Breiten nicht besonders zahlreich, und obwohl auch bei bewölktem Wetter noch ein gewisser UV-Anteil im Tageslicht enthalten ist, so reicht dieser doch nicht immer für das Wohlbefinden von Landschildkröten aus. Es wird also nicht nur bei der permanenten oder zeitweiligen Terrarienhaltung eine Tageslichtbeleuchtung mit hohem UV-Lichtanteil benötigt, sondern auch an den sonnenarmen Tagen im Freien. Für die meisten Arten ist eine Tageslichtdauer von 10 bis 12 Stunden ausreichend.

Das natürliche Sonnenlicht liefert auch die Wärme, welche die Tiere brauchen, um ihre Aktivitätstemperatur zu erreichen. Bei der Freilandhaltung sollte den Landschildkröten deshalb ein sonnenexponierter Platz zur Verfügung stehen, wo sie sonnenbaden und sich aufheizen können. Im Terrarium verwendet man zu diesem Zweck am besten einen Heiz- oder Punktstrahler, der auf eine Stelle außerhalb der Bekkenmitte ausgerichtet wird. Man wird binnen kurzer Zeit bemerken, daß diese von den Tieren besonders gerne aufgesucht wird.

Beides, die Beleuchtung und die Wärmequelle, sind ausgesprochen wichtige Faktoren bei der Landschildkrötenhaltung - die UV-Strahlung ermöglicht den Tieren die Synthese des für sie lebenswichtigen Vitamin D_3, und die Wärme dient dem Erreichen ihrer Aktivitätstemperatur. Landschildkröten sind wechselwarme Tiere, was bedeutet, daß ihre Körpertemperatur von der Umgebungstemperatur abhängig ist. Ist diese zu niedrig, erreichen die Tiere ihre Aktivitätstemperatur nicht und können weder fressen noch verdauen. Hält dieser Zustand über einen längeren Zeitraum an, verlieren sie zunehmend an Lebendmasse, werden inaktiv, kränkeln und sterben letztendlich.

Die meisten Arten von Landschildkröten verlangen eine Tagestemperatur zwischen 27 und 30°C, mit einer nächtlichen Absenkung um 5 bis 10°C. Diese Temperaturen sollten bei der Haltung von Jungtieren generell das ganze Jahr über beibehalten werden, wobei auch die Alttiere vieler Arten ganzjährig eine hohe Temperatur bevorzugen. Abhängig von der zu pflegenden Art und der Größe des Terrariums wird der Einsatz von nur einem Heiz- oder Punktstrahler oftmals nicht ausreichen, um diese Werte zu erreichen. Deshalb sollte eine zusätzliche Unterbodenheizung installiert werden, die auch während der Nachtstunden dafür sorgt, daß die Temperatur nicht unter das Minimum sinkt.

Obwohl Landschildkröten rein terrestrisch leben, benötigen auch sie Wasser - zum Trinken und für ein gelegentliches Bad. Arten aus sehr trockenen, wüstenähnlichen Gebieten decken ihren Feuchtigkeitsbedarf zwar gewöhnlich durch ihre Futterpflanzen, jedoch heißt das nicht, daß sie vollkommen ohne Wasser auskommen. Sie trinken in der Natur stets dann, wenn ihnen Wasser zur Verfügung steht. Sie nehmen regelmäßig die morgendlichen Tautropfen von Pflanzen auf oder trinken aus Pfützen, die nach den seltenen Regenfälle entstehen. Im Terrarium sollte daher auch ihnen in jedem Fall stets ein Gefäß mit frischem, chlorfreiem Wasser angeboten werden. Da dieses Gefäß jedoch nicht nur zum daraus Trinken, sondern auch

PHOTO BY P. A. RUTLEDGE

Eine kleines Spornschildkrötenmännchen untersucht ein Weibchen. Bei guter Pflege erreicht ein Jungtier dieser Art nach vier bis sieben Jahren die Geschlechtsreife.

für ein gelegentliches Bad benutzt wird, sollte es ausreichend groß und schwer sein, damit die Tiere es nicht umstoßen können. Ein relativ flacher Behälter erleichtert das Hineinklettern, birgt jedoch die Gefahr, daß das Wasser dabei seitlich überschwappt. Leider haben Schildkröten die Angewohnheit, beim Baden ins Wasser zu koten, weshalb tägliche Wasserwechsel meistens unerläßlich sind.

seine Jungtiere benötigen, was er wiederum nur in Erfahrung bringen kann, wenn er das genaue Herkunftsgebiet der Art kennt.

Generell verlangen Jungtiere etwas höhere Temperaturen und häufigere Sonnenbäder als die Alttiere. Einige Arten, besonders die der Gattung *Testudo*, müssen im Winter bei kühlen Temperaturen gehalten werden, denn sie benötigen als Vorbereitung auf die anschließende Paarungszeit eine Winterruhe. Jungtiere überleben selbst in der Natur diesen Winterschlaf oftmals nicht, was einer der Gründe dafür ist, warum die Haltung und erfolgreiche Vermehrung dieser Arten nicht gerade einfach ist.

PHOTO BY K. H. SWITAK

Viele Landschildkröten sind durch internationale Gesetze geschützt und dürfen nur mit gültigen Papieren gehalten werden. Die Strahlenschildkröte (*Geochelone radiata*) von Madagaskar gehört auch dazu.

Jungtiere

Juvenile Landschildkröten wachsen sehr langsam, und bei vielen Arten vergehen ein bis zwei Jahre, bevor die Jungen ihren Eltern wirklich ähnlich werden. Bis dahin dürfen sie niemals zu kühlen oder zu hohen Temperaturen oder einer zu hohen oder zu niedrigen Feuchtigkeit ausgesetzt werden. Um jedoch stets die korrekten Klimabedingungen einhalten zu können, muß der Pfleger unbedingt wissen, welche spezifischen Temperaturen und Feuchtigkeitswerte

Ernährung

Die meisten Landschildkröten lassen sich mit Grünfutter wie Spinat, Chinakohl, Löwenzahn, Gänsedistel und Klee, Gemüsesorten wie Karotten, Grünen Bohnen, Blumenkohl, Avocados, Tomaten und Kürbis, sowie mit Früchten wie Apfel, Melone, Banane und Birne ernähren. Auf den so beliebten, jedoch äußerst nährstoffarmen Blattsalat kann hingegen völlig verzichtet werden. Das angebotene Futter sollte kleingeschnitten sein. Außerdem ist es wichtig, daß alle Futtersorten stets frisch sind und Reste noch am gleichen Tag aus dem Terrarium entfernt werden. Jungtiere erhalten täglich, Alttiere jeden zweiten Tag frisches Futter.

Ein wichtiger Punkt ist, daß nicht ständig nur eine Futtersorte, sondern generell eine Mischung aus mehreren angeboten wird. Wer sein Grünfutter im Freien sammelt, muß unbedingt darauf achten, daß dies nicht direkt neben einer Straße oder in Gebieten wächst, wo Schädlingsbekämpfungsmittel oder chemische Dünger verwendet werden. Auch alle im Geschäft gekauften Gemüse- und Obstsorten sollten vor dem Verfüttern stets gründlich abgewaschen werden.

Viele Arten fressen neben dem vegetarischen Futter auch kleinere Mengen fleischlicher Nahrung. In der Natur besteht dieser Anteil im Futter aus verschiedenen Insekten, Würmern u.a.. Obwohl eine Grille oder ein Käfer dann und wann bestimmt keinen Schaden anrichtet, sollte auf das Verfüttern von Hunde- oder Katzenfutter verzichtet werden. Selbst wenn die Tiere diese Art von Nahrung meist nicht verweigern, ist der Proteingehalt doch zu hoch und entspricht bei den meisten Arten nicht dem natürlichen Nahrungsspektrum. Zu proteinreiches Futter führt bei Landschildkröten zu einem beschleunigten Wachstum, was zu Panzer- und Knochendeformationen führen kann. Besonders bei den Arten der Gattung *Testudo* sind schwere, letztendlich tödlich verlaufende Leberschäden die Folge einer solchen Ernährung. Andere Arten, wie die Scharnierschildkröten, sollen diesbezüglich nicht so empfindlich sein, was jedoch nicht heißt, daß ein hoher, fleischlicher Anteil in ihrer Ernährung ihrer Gesundheit zuträglich ist.

Landschildkröten benötigen generell viel Calcium. Um diesem Anspruch ge-

PHOTO BY S. C. MILLER

Eine Griechische Landschildkröte (*Testudo hermanni*) auf dem Weg in ihren Unterschlupf. Viele überwiegend im Freien gehaltene Landschildkröten vermehren sich bereitwilliger als solche, die ständig im Haus leben.

recht zu werden, sollte das Futter zweimal wöchentlich mit einem Vitamin-Calcium-Mineralstoff-Pulver angereichert werden. Bei der Aufzucht von Jungtieren und für trächtige Weibchen sind solche Beigaben besonders wichtig und sollten daher häufiger verabreicht werden.

GRUNDLAGEN ZUR VERMEHRUNG VON LANDSCHILDKRÖTEN

Die Paarung

Das Paarungsverhalten ist bei den meisten Arten von Landschildkröten ähnlich. Ein Männchen, gewöhnlich an seinem langen, dicken Schwanz und dem gewölbten Plastron zu erkennen, trifft auf ein Tier, welches es für ein Weibchen hält. Oftmals signalisieren die Tiere durch komplizierte Kopfbewegungen, welchem Geschlecht sie angehören. Das Männchen stellt sich also dem anderen Tier gegenüber, vollzieht einige Kopfbewegungen und wartet auf Signale, die ihm verraten, ob es sich tatsächlich um ein Weibchen handelt. Deuten die Kopfbewegungen des anderen Tieres darauf hin, wird dessen Kloakenregion eingehend vom Männchen beschnuppert, um ganz sicher zu gehen. Das Weibchen reagiert auf diese Annäherung, indem es wegzulaufen versucht, wird jedoch vom Männchen mit Bissen in die Hinterbeine und Rammen mit dem Panzer bedrängt. Nun besteigt das Männchen seine Partnerin, wobei es eine fast aufrechte Position einnimmt, seinen Schwanz unter den ihren schiebt und sich mit den Krallen seiner Vorderfüße an ihrem Carapax festzuhalten versucht. Der Paarungsakt dauert relativ lange und wird von deutlich zu hörenden Lautäußerungen des Männchens begleitet.

Eine wichtige Voraussetzung für eine erfolgreiche Paarung ist natürlich, daß die Tiere auch bereits geschlechtsreif sind, was oftmals erst im Alter von vier oder fünf Jahren, bei einigen Arten noch später, der Fall ist.

Die Tragzeit der Weibchen ist von Art zu Art sehr unterschiedlich und kann einen Monat oder auch ein Jahr dauern. Nähert sich der Ablagezeitpunkt, gräbt das Weibchen an einer geeigneten Stelle ein flaschenförmiges Nest, in das dann die runden Eier gelegt werden. An-

PHOTO BY J. R. LOLL

Zur Eiablage benötigt ein Weibchen einen geeigneten, ausreichend feuchten Bodengrund. Der Pfleger dieser Gelbkopf-Landschildkröte (*Geochelone elongata*) wird die Eier vermutlich sofort nach der Ablage in einen Brutkasten überführen.

PHOTO BY K. H. SWITAK

Ein Zuchtpaar der Spornschildkröte (*Geochelone sulcata*). Man beachte die stark gebogenen vorderen Marginalia des Männchens. Sie sind ein arttypisches Merkmal.

schließend wird die Legekuhle wieder mit Erde zugeschaufelt.

Die Entwicklung der Eier

Die meisten Pfleger entnehmen die Eier dem Nest und überführen sie in einen Inkubator (Brutkasten). Dieser besteht aus einem wasserdichten Behälter, der etwa zur Hälfte mit feuchtem Vermiculit oder einer Mischung aus fein zerstoßenem Hydrogranulat (Beispiel: Seramis) und Aktivkohle gefüllt ist. In dieses Zeitigungssubstrat werden die Eier so tief eingebettet, bis nur noch ihre Oberkante zu sehen ist. Werden sie vollständig eingegraben, können die Keimlinge nicht mehr atmen und sterben ab.

Ein Deckel mit einigen kleinen Löchern dient dazu, die Feuchtigkeit im Behälter zu halten, aber auch einen Luftaustausch zu ermöglichen und Staunässe zu verhindern. Der Inkubator wird nun an einem Ort plaziert, an dem Temperaturen zwischen 26 und 28°C herrschen. Der Schlupf der meisten Arten erfolgt nach etwa 90 bis 150 Tagen.

Bei Arten, die aus feuchteren Gebieten stammen (Köhlerschildkröten, Braune Landschildkröten und ähnliche), sollte das Zeitigungssubstrat feuchter - auf keinen Fall naß - und die Temperaturen mit 26°C etwas niedriger sein. Arten aus trockenen Regionen verlangen ein weniger feuchtes Substrat und etwas höhere Temperaturen von 28°C. In keinem Fall darf das Substrat während der Inkubationsdauer austrocknen oder die Temperatur starken Schwankungen unterworfen sein.

Bei Landschildkröten richtet sich das Geschlecht der Jungtiere nach der Zeitigungstemperatur der Eier in einem bestimmten Zeitraum der Inkubation - niedrigere Werte ergeben Weibchen, höhere Männchen. Bei der Entnahme der Eier aus dem Nest muß unbedingt darauf geachtet werden, daß sie nicht gedreht, sondern in genau der Position in den Brutkasten gelegt werden, die sie auch im Nest hatten. Es empfiehlt sich daher, die Oberseite der Eier zu markieren, bevor sie bewegt werden. Das Verändern der Lage kann zur Folge haben, daß der Keimling abstirbt.

Leider ist die Vermehrung und Aufzucht von Landschildkröten nicht problemlos und immer erfolgreich. In einigen Fällen sind relativ regelmäßige Erfolge mit einer hohen Schlupfrate und guten Aufzuchtergebnissen zu verzeichnen, in anderen Fällen sind die Erfolgsquoten eher mäßig; einige Arten wurden bisher noch nie nachgezogen. Allerdings steigen die Erfolgschancen mit jedem weiteren Versuch und den daraus resultierenden Erfahrungen, die den ernsthaften und ausdauernden Pfleger seinem Ziel immer noch einen Schritt näher bringen.

PHOTO BY **R. D. BARTLETT**

Die Eier der meisten Landschildkröten sind weiß, rund und ähneln Tischtennisbällen. Es kommt vor, daß einzelne Eier bei der Ablage beschädigt werden, jedoch entwickeln sie sich oftmals dennoch ganz normal.

PHOTO BY P. FREED

Der Schlupf einer Afrikanischen Schnabelbrust-Schildkröte (*Chersina angulata*). Das Muster auf den Schildern des Jungtieres entsteht durch die innere Eihaut, die im Ei gegen den Panzer drückt.

PHOTO BY R. D. BARTLETT

Im Ei ist das Jungtier in der Mitte gefaltet. Beim Schlupf faltet sich der Panzer auf und drückt gegen die Eischale, die das Jungtier -hier eine *Geochelone elongata*- mit seinem Eizahn aufgeritzt, um das Ei verlassen zu können.

DIE BEWOHNER DES MITTELMEERRAUMES

DIE GATTUNG *TESTUDO*

Wenn man von den europäischen Landschildkröten spricht, wird wohl jeder sofort an die Arten der Gattung *Testudo* denken, obwohl nicht alle *Testudo*-Arten in Europa beheimatet sind. In einigen Teilen Europas war die Haltung dieser Schildkröten viele Jahre lang beinahe schon eine Art Tradition - in England wollte fast jeder mindestens eine *Testudo* im Garten haben. Dieses Verhalten wurde erst vor einigen Jahren durch entsprechende Gesetze unterbunden, die die Ein- und Ausfuhr von Landschildkröten aus Südeuropa und Nordafrika regeln und in vielen Fällen sogar verbieten.

Zwei *Testudo*-Arten, nämlich *T. hermanni* (Griechische Landschildkröte) und *T. graeca* (Maurische Landschildkröte), werden von Brian Pursall in seinem Buch "Europäische Landschildkröten" (aus der Ratgeber-Reihe im bede-Verlag) detailliert behandelt. Dort findet sich alles Wissenswerte über die Haltung und Vermehrung beider Arten. Es soll an dieser Stelle jedoch erwähnt werden, daß sie doch überraschend spezielle Ansprüche an ihre Haltungstemperaturen stellen sowie eine sehr calciumreiche Ernährung benötigen und deshalb nicht für den Anfänger zu empfehlen sind.

Die fünf Arten der Gattung *Testudo* werden oftmals miteinander verwechselt. Die Ägyptische Landschildkröte, *T. kleinmanni*, ist mit einer Carapaxlänge von nur 15cm eine kleine Art mit jeweils fünf Krallen an den Vorderfüßen. Der Carapax ist stark gewölbt, fällt jedoch im hinteren Bereich abrupt ab. Die Färbung besteht aus einem kräftigen Sandbraun mit schmalen, dunkelbraunen Ringen um die Schilder.

Die Vierzehenschildkröte, *T. horsfieldi* oder *Agryonemis horsfieldi*, besitzt eine fast runde Körperform mit einem flachen Carapax, der überwiegend dunkelbraun gefärbt ist und schmale, hellbraune Ränder um die Schilder aufweist. Im Gegensatz zu allen anderen Landschildkröten - eine Scharnierschildkrötenart ausgenommen -, besitzt die Art nur jeweils vier Krallen an den Vorderfüßen.

Die Vierzehenschildkröte wird im Gegensatz zur Ägyptischen Landschildkröte relativ häufig gepflegt. Letztere steht sogar seit geraumer Zeit im Anhang I des Washingtoner Artenschutzabkommens (WA) und zählt somit zu den akut vom Aussterben bedrohten Arten. Es kann also nicht damit gerechnet werden, heutzutage oder in absehbarer Zukunft im Handel auf Wildfangexemplare zu stoßen, es sei denn, sie sind auf illegalem Wege dorthin gelangt. Wer auch immer einer Ägyptischen Landschildkröte in einem Zoofachgeschäft begegnet, sollte sich vor dem Kauf unbedingt nach deren Herkunft erkundigen - es könnte eventuell eines der sehr seltenen Nachzuchttiere sein - und sich die erforderlichen CITES-Papiere aushändigen lassen. Anderenfalls macht sich der Käufer genau wie der Händler strafbar. Auch für die anderen *Testudo*-Arten sind entsprechende Papiere beim Handel erforderlich, sie stehen im Anhang II des Washingtoner Artenschutzabkommens. Die Haltung aller Landschildkrötenarten ist meldepflichtig.

Die Breitrand-Schildkröte (*T. marginata*) ist mit 30cm Carapaxlänge eine relativ große Landschildkröte. Sie zeigt eine auffallend längliche Körperform mit fast geraden Seiten. Der hintere Teil des Carapax ist von breiten Marginalia umgeben, deren Außenränder die Form von Sägezähnen haben. Es ist nur ein Supracaudalschild (das Pygale) vorhanden. Die Färbung ist variabel, besteht jedoch gewöhnlich oberhalb aus einem dunkelbraunen bis schwärzlichen Grundton mit kleinen, gelblich braunen Flecken auf den Carapaxschildern. Das Plastron ist gelb und mit großen, paarigen, dreieckigen schwarzen Flecken gezeichnet.

Am häufigsten wird die Maurische Landschildkröte, *T. graeca*, mit der Griechischen, *T. hermanni*, verwechselt, die beide die am häufigsten gepflegten Landschildkröten in Europa sind. Beide sind mehr oder weniger oval geformt, besitzen hohe Rückenpanzer, sind sandbraun gefärbt und mit großen, unregelmäßigen, dreieckigen, dunkelbraunen Flecken gezeichnet.

Das Plastron der Griechischen Landschildkröte ist gelblich und zeigt zwei breite, dunkelbraune Bänder, die über die gesamte Plastronlänge verlaufen. Die Art besitzt zwei Supracaudalia. Die Schwänze der Männchen sind an der Spitze mit einer großen, krallenartigen Schuppe bewehrt.

Adultgröße, Carapaxform und Färbung von *Testudo graeca* sind relativ variabel. Dennoch ist die Art einfach an bestimmten Merkmalen zu unterscheiden. Beispielsweise ist bei fast allen Exemplaren nur ein Supracaudalschild (das Pygale) vorhanden, und die Schwanzspitze der Männchen ist normal beschuppt. Das deutlichste Unterscheidungsmerkmal ist jedoch das Vorhandensein von zwei großen, oftmals spitzen Tuberkeln, von denen sich jeweils einer auf der Rückseite jedes Schenkels befindet. Diese Tuberkeln sind arttypisch und bei der Griechischen Landschildkröte nicht vorhanden.

Da sich beide Arten miteinander verkreuzen lassen, tauchen allerdings gelegentlich auch Hybriden mit Merkmalen sowohl der einen, als auch der anderen Art auf, die aus der Haltung von verantwortungsloser Pfleger stammen. Im Interesse der Erhaltung beider Arten sollte man vom Erwerb solcher Kreuzungsprodukte absehen.

DIE LEBENSRÄUME DER MITTELMEERBEWOHNER

Die Arten der Gattung *Testudo* sind Bewohner von Steppen, wüstenähnlichen Gebieten und Waldrändern. Sie sind an die kühlen bis kalten Winter, die heißen Sommer und die langanhaltenden Trockenzeiten ihrer Lebensräume bestens angepaßt. Das ist einer der Gründe, weshalb sie zu den am schwierigsten zu haltenden Landschildkröten zählen, denn jede Art stellt individuelle, oftmals schwer zu erfüllende Haltungsansprüche.

Die Ägyptische Landschildkröte stammt beispielsweise aus trockenen Strauchwüsten und verträgt somit keine Luftfeuchtigkeitswerte über 40 bis 50%. In Libyen und in der Wüste Negev in Israel ist sie während der Wintermonate aktiv und verschläft die heißen Sommermonate in einem gut isolierten Versteck.

Die Vierzehenschildkröte ist vom Kaspischen Meer bis ins westliche China verbreitet und bewohnt dort Steppen und

PHOTO BY J. MERLI

Eine Gruppe von Jungtieren der Maurischen Landschildkröte (*Testudo graeca*). Obwohl sehr ansprechend und oft preiswert, ist die Haltung von Jungtieren der Gattung Testudo oft schwieriger als gedacht.

PHOTO BY R. D. BARTLETT

Babyschildkröten, wie diese Griechische Landschildkröte (*Testudo hermanni*), lassen noch keine Wachstumsringe auf dem Carapax erkennen. Diese entstehen erst mit zunehmendem Alter und sind als einzelne Ringe um jedes Schild erkennbar.

wüstenähnliche Gebiete, die im Winter von monatelang anhaltendem Frost heimgesucht werden und im Sommer sehr heiß sind. Die Art schützt sich gegen diese Extreme, indem sie sich im Winter wie auch im Sommer, wenn die Temperaturen die 30°C-Grenze überschreiten, eingräbt und schläft. Auch sie verträgt keine hohe Luftfeuchtigkeit.

Die Breitrand-Schildkröte ist nur im Süden von Griechenland und auf den vorgelagerten Inseln zu finden, wo sie in steinigen, trockenen Strauchsavannen lebt.

Die Griechische Landschildkröte ist ein echter Mittelmeerbewohner, der entlang der Küste vom südlichen Frankreich bis in die Türkei, sowie im Balkan und auf den Inseln des Mittelmeeres verbreitet ist. Die Art mit der weitreichensten Verbreitung ist die Maurische Landschildkröte. Ihr Vorkommen erstreckt sich von Marokko und Algerien - den gegenüberliegenden Teil von Spanien eingeschlossen - in östlicher Richtung bis in den Iran und nördlich bis in das Gebiet des Schwarzen Meeres und das Zentrum des Balkans.

Die meisten der dort bewohnten Lebensräume sind trockene, steinige Strauchsavannen, die oftmals extrem kalkhaltig sind. Während der kalten Wintermonate graben sich die Tiere zur Winterruhe ein. Die Winterquartiere werden bis zu einer Tiefe ausgehoben, in der die Tiere sicher vor dem harten Frost geschützt sind. Die Sommer sind sehr heiß, die vorhandene Vegetation ist spärlich und besteht meistens nur aus trockenen Gräsern und ähnlichen Pflanzen.

DIE HALTUNG VON *TESTUDO*-ARTEN

Für die Haltung in überwiegend feuchten und kühlen Klimazonen sind *Testudo*-Arten nicht gut geeignet. Sie haben große Probleme mit der Anpassung an solche Witterungsbedingungen, und speziell die Ägyptische Landschildkröte hätte wohl kaum eine Überlebenschance.

Die Jungtiere aller Arten reagieren besonders empfindlich auf kurze, kühle Sommer und benötigen bei der Pflege strikt einzuhaltende Winterruheperioden, um überleben und normal wachsen zu können. Ihre Ernährung muß regelmäßige und große Mengen von Calciumcarbonat enthalten, und es sind keine sozialen Tiere. Das heißt, daß bei einigen Arten eine hochentwickelte Hierarchie herrscht, in der ein Männchen oder auch ein Weibchen die anderen Gruppenmitglieder dominiert und sie vom Fressen, Sonnenbaden oder von der Paarung abhält.

Wer es trotzdem mit einer *Testudo* versuchen möchte, sollte sich für ein oder mehrere Nachzuchttiere der Griechischen oder der Maurischen Landschildkröte entscheiden - erstere kann sich am besten an feuchtere Bedingungen anpassen, zweitere ist am häufigsten erhältlich.

Die Tiere werden in der Natur mit ungefähr 3000 Sonnenstunden im Jahr verwöhnt, die für eine gesunde Haltung und erfolgreiche Vermehrung auch in Menschenhand geboten werden sollten. Das heißt, daß für optimale Haltungsbedingungen eine zehnstündige Sonnenscheindauer an 300 Tagen im Jahr erforderlich wäre, was schwierig zu erreichen ist. Dem Sommer folgt der Winter mit einer etwa 60 Tage andauernden Winterruhe bei Temperaturen bis minimal 4°C, der ebenfalls unbedingt in die Haltung einbezogen werden muß.

Daß bedeutet, daß die Tiere von April bis in den September hinein eine Tageslichtdauer von 12 bis 14 Stunden benötigen. Die sommerlichen Lufttemperaturen sind mit knapp unter 30°C ideal, und ein "Sonnenbadeplatz" mit etwa 35°C sollte während dieser Zeit ebenfalls ständig verfügbar sein. Die meisten *Testudo*-Arten benötigen eine Körpertemperatur von 30°C oder mehr, um aktiv sein zu können, weshalb die Lufttemperatur im Sommer nicht unter diesen Wert absinken sollte.

Von Ende September bis Ende Oktober werden die Tageslänge schrittweise verkürzt und die Temperaturen gesenkt. Die Winterruhe verbringen die Tiere tief im Erdreich vergraben. Zur Beendigung der Winterruhe werden die Temperaturen über eine Dauer

PHOTO BY R. D. BARTLETT

Testudo-Arten sind an ihrem Carapax allein nicht leicht zu unterscheiden. Diese Breitrand-Schildkröte (*Testudo marginata*) hat gerade Körperseiten und einen etwas langgestreckteren Panzer als die anderen *Testudo*-Arten.

von etwa vier Wochen wieder schrittweise erhöht, bis die Tiere aus ihren Winterquartieren hervorkommen. Nun wird auch die Tageslichtdauer wieder langsam verlängert.

Vor dem Einwintern von *Testudo*-Arten, sind wichtige Details zu beachten und einige Vorbereitungen zu treffen, um sicherzustellen, daß die Tiere diese Phase auch gut überstehen. Alle diesbezüglichen Punkte hier im einzelnen anzusprechen, würde den Rahmen dieses Buches sprengen. Da diese spezifischen Angaben jedoch für die Arten der Gattung *Testudo* lebenswichtig sind, soll an dieser Stelle nochmals auf das genannte Buch "Europäische Landschildkröten" verwiesen werden.

PHOTO BY J. R. LOLL

Paarung bei der Maurischen Landschildkröte (*Testudo graeca*). Die Männchen geben dabei oft mit weit geöffnetem Maul grunzende Laute von sich.

VERMEHRUNG

Die Vermehrung der Maurischen Landschildkröte oder auch der anderen *Testudo*-Arten ist nicht ganz einfach. Gewöhnlich umfaßt ein Gelege nur zwei bis sechs Eier, jedoch kann ein Weibchen innerhalb einer Saison vier oder fünf Gelege produzieren. Die Männchen dieser Art sind während der gesamten Aktivitätsphase sexuell ausgesprochen rege und paaren so lange, wie ihnen Weibchen zur Verfügung stehen.

Leider sind die Hierarchie unter den Tieren sowie unzureichende klimatische Haltungsbedingungen, nicht vorhandene Eiablagemöglichkeiten und eine calciumarme Ernährung nur allzu oft Gründe dafür, daß die Weibchen ihre Eier nicht ablegen und an Legenot eingehen. Die im Körper zurückgehaltenen Eier werden übergroß, verhärten und können nur noch auf operativem Weg entfernt werden, um das Leben des Tieres zu retten. Aus diesen Gründen ist es zu empfehlen, die Geschlechter generell getrennt zu pflegen und die Tiere nur zum Zweck der Paarung zu vergesellschaften. Selbstverständlich müssen Haltung, Ernährung und Klima auch dann optimiert werden. Obwohl es hinsichtlich der Gelegegrößen und -anzahl von Art zu Art Abweichungen gibt, können die hier gemachten Angaben dennoch für *Testudo* allgemein gelten.

Die Jungtiere aller *Testudo*-Arten sind reine Vegetarier. Sie benötigen einen hohen Anteil an Calcium in ihrer Nahrung, damit ein normaler Wuchs von Knochen und Panzer gewährleistet ist. Vorausgesetzt, die klimatischen Haltungsbedingungen sind warm und sehr trocken, kann man sie als ausgesprochen robuste Pfleglinge ansehen.

DIE ZENTRALASIATISCHE ART

Eine häufiger in der Terraristik vertretene Landschildkröte ist *Testudo horsfieldi* aus den Steppen Mittelasiens. Die Art wurde in großen Mengen importiert, wobei es sich meistens um adulte oder semiadulte Exemplare handelte. Leider leben diese Tiere oft nicht länger als ein oder vielleicht zwei Jahre.

Diese Art kann bei etwas höheren Temperaturen zwischen 5 und 8°C überwintert werden, allerdings benötigt sie eine relativ lange Winterruhe von bis zu fünf Monaten. Wie bei allen Reptilien, die eine Winterruhe durchmachen, muß auch hier unbedingt darauf geachtet werden, daß der Darm der Tiere vorher völlig entleert wurde. Zu diesem Zweck werden die Futtergaben etwa zwei Wochen vor der Einwinterung eingestellt. Während dieser Ruhephase fressen die Tiere generell nicht, jedoch sollte stets frisches Wasser verfügbar sein, nur für den Fall, daß sie zwischenzeitlich aktiv werden.

Im Februar oder März, wenn die Schildkröten aus der Winterruhe kommen, sollte ihnen eine Badegelegenheit mit warmem Wasser geboten werden. Das dient dem Zweck, den Tieren das Ausspülen angesammelter Ausscheidungsprodukte aus den Nieren zu erleichtern und dafür zu sorgen, daß sie schnellstmöglich wieder voll aktiv werden können. Aus diesem Grund sollten auch die Unterbodenheizung sowie der Wärmestrahler umgehend in Betrieb genommen werden. Die Tagestemperaturen von 28 bis 30°C sollten zur Nacht um mindestens 4°C, besser noch um 6 bis 8°C sinken.

Die Männchen lassen sich von den Weibchen durch den längeren Schwanz und das

PHOTO BY R. D. BARTLETT

Die Vierzehenschildkröte (*Testudo horsfieldi*) ist häufiger im Angebot zu sehen. Der meistens dunkle Panzer mit den schmalen, blassen Ringen um die Schilder ist nicht sehr attraktiv.

PHOTO BY R. D. BARTLETT

Diese junge Breitrand-Schildkröte (*Testudo marginata*) läßt die Wachstumsringe von wenigstens vier Wachstumsphasen erkennen. Damit sind nicht Jahre sondern die Wachstumszeiten gemeint, die durch den Wechsel der Jahreszeiten und das Futterangebot bestimmt werden. Das tatsächliche Alter läßt sich nicht ablesen.

auffällig konkave Plastron unterscheiden. Auch hier sollten die Geschlechter außerhalb der Paarungszeit getrennt gehalten werden. Zur Haltung empfiehlt sich eine geräumige Freianlage mit einem Unterschlupf, wo die Tiere das warme Frühjahr und den Sommer verbringen können. Sie lassen sich problemlos mit Grünfutter, Blüten und verschiedenen Gemüse- und Obstsorten ernähren.

Leider sind bisher nur relativ selten Fortpflanzungserfolge mit dieser Art zu verzeichnen. Paarungen konnten dann beobachtet werden, wenn die Geschlechter kurze Zeit nach der Beendigung der Winterruhe zusammengebracht wurden. Die Männchen sollten zu diesem Zeitpunkt sehr aktiv sein, was sich meistens darin äußert, daß sie die Weibchen unablässig verfolgen, beißen und mit ihrem Carapax rammen. Die Paarungszeit dauert ungefähr einen Monat, und etwa sechs Wochen nach der Paarung heben die Weibchen eine Grube zur Eiablage aus.

Bei einer Zeitigungstemperatur zwischen 28 und 30°C, einer Luftfeuchtigkeit von etwa 50% und einem nächtlichen Temperaturabfall um 4°C, schlüpfen die Jungen nach 73 bis 92 Tagen. In der Natur benötigen die Eier 90 bis 120 Tage bis zum Schlupf. Während ihres ersten Lebensjahres fressen die Jungen ausschließlich Grünzeug und verweigern meist die Annahme von Früchten oder Blüten.

Die Jungtiere dieser Art wachsen sehr langsam, und innerhalb des ersten Jahres liegt ihre Massezunahme lediglich bei 100%. Obwohl einige Pfleger ihre Jungtiere nicht überwintern, sollte man dennoch in Betracht ziehen, daß diese Ruhephase zu einem besseren Wachstum beiträgt und deshalb auch bei juvenilen Tieren eingehalten werden sollte. Allerdings wird die Dauer der Winterruhe hier auf maximal zwei Monate gekürzt.

Generell sollten nur gesunde und kräftige Landschildkröten eingewintert werden. Jungtiere, schwächere oder gerade von einer Erkrankung genesene Exemplare erhalten eine verkürzte Winterruhe; kranke oder magere Tiere sollten auch den Winter über warm gehalten und nicht der körperlichen Belastung einer Einwinterung ausgesetzt werden.

Oben: Die kleine Griechische Landschildkröte (*Testudo hermanni*) erreicht selten eine Länge von 15cm.
Foto: R. D. Bartlett

Unten: Ein Freigehege für die Spornschildkröte (*Geochelone sulcata*). Diese großen Tiere benötigen viel Platz und eine sichere Einzäunung, die sie nicht untergraben können.
Foto P.A. Rutledge

PHOTO BY P. A. RUTLEDGE

Der Garten dieses Hauses ist zu mehreren Freigehegen umgebaut worden, die der kommerziellen Vermehrung von Spornschildkröten dienen.

Da diese Landschildkröten unglücklicherweise zu den wenigen großen Wirbeltieren gehören, die sich im wahrsten Sinne des Wortes "so im Vorbeigehen einsammeln" lassen, ist ihre Überlebenschance zweifelhaft, wenn bereits bestehende Schutzbestimmungen weiterhin ignoriert werden.

PHOTO BY P. FREED

Die große Vierzehenschildkröte (*Testudo horsfieldi*) ist fast rund und sehr dunkel gefärbt. Diese Art besitzt nur jeweils vier Krallen an den Vorderfüßen.

"SPORNE" UND "PANTHER"

Wenn man einmal von den absoluten Experten absieht, kann man sagen, daß sich der normale Landschildkrötenpfleger mit mittelgroßen Arten beschäftigt. Eine Ausnahme bilden vielleicht die Spornschildkröte, *Geochelone sulcata*, und die Pantherschildkröte, *Geochelone pardalis*.

Die Spornschildkröte ist schon ein wahrer Riese. Sie ist die drittgrößte aller Landschildkröten und die größte von den Arten, die keine Inselbewohner sind. Auch die Pantherschildkröte ist nicht viel kleiner. Beide Arten sind zwar im Jungtieralter relativ empfindlich, können jedoch als halbwüchsige und adulte Tiere fast schon als die robustesten überhaupt bezeichnet werden. Leider aber haben nur wenige Pfleger die Möglichkeit, die Tiere ihrer Größe entsprechend unterzubringen. Sie benötigen unbedingt eine großflächige Freilandanlage und sind für die Haltung in einer Wohnung völlig ungeeignet.

Beide Arten stammen aus den Trockensavannen Afrikas, was bei der Haltung selbstverständlich berücksichtigt werden muß. Sie vertragen keine kühlen, feuchten Klimabedingungen und wollen selbst mit ausreichender, künstlicher Beheizung und Beleuchtung nicht wirklich gut gedeihen. Es darf allerdings auch nicht verheimlicht werden, daß die Pantherschildkröte innerhalb der letzten Jahre doch hier und da erfolgreich vermehrt wurde und so gelegentlich Nachzuchttiere erhältlich sind, die sich bedeutend besser anpassen können.

SPORNSCHILDKRÖTE

Geochelone sulcata, Spornschildkröte, ist ein Bewohner eines schmalen Verbreitungsgebietes, das sich in Nordafrika wie ein Band durch den äußersten Süden der Sahara zieht. Wie man deshalb bereits vermuten wird, liebt sie ein warmes, trockenes Klima und gedeiht bei konstanten Temperaturen von 27 bis 30°C, mit einer leichten Nachtabsenkung, am besten.

PHOTO BY P. A. RUTLEDGE

Spornschildkröten entwickeln sich langsam. Bei Exemplaren unter 60 bis 70 cm Länge ist das Geschlecht kaum sicher festzustellen.

Die Tiere erreichen gewöhnlich Carapaxlängen von über 75cm und eine Masse von mehr als 45kg. Die Färbung ist sehr einfach und ist fast einfarbig hellbraun. Eines der markantesten Merkmale dieser Art sind die kräftig ausgebildeten, oftmals aufgebogenen vorderen und hinteren Marginalia, die besonders bei älteren Männchen auffallen. Eine weitere arttypische Besonderheit sind die zwei oder drei langen, spitzen, konischen Sporne, die sich auf der Rückseite der Hinterschenkel befinden und namensgebend waren.

Wie bei vielen anderen Landschildkröten sind auch hier die Männchen an einem deutlich längeren Schwanz zu erkennen. Allerdings bietet dieses Unterscheidungsmerkmal nur bei bereits geschlechtsreifen

Oben: Bei einer zu proteinhaltigen Ernährung im Jungtieralter kann es, wie bei dieser Spornschildkröte, zu Panzerdeformationen kommen; die Schilder sind zu Pyramiden verformt. Foto P.A. Rutledge

Unten: Die Paarung kann bei *Geochelone sulcata* durch die Grunzlaute der Männchen sehr geräuschvoll ablaufen. Die bei älteren Männchen hochgebogenen Marginalia sind bei Weibchen selten zu sehen. Foto P.A. Rutledge

Tieren mit einer Carapaxlänge von etwa 60cm eine Garantie. Vorher sind der lange Schwanz und das leicht konkave Plastron der Männchen noch nicht vollständig entwickelt.

Eine solch große Landschildkröte ist natürlich nicht so einfach unterzubringen. Die Tiere sind in der Lage, bis zu 6 Meter lange, enorm tiefe, unterirdische Gänge anzulegen, wobei sie Mauern, Zäune und sogar Fundamente einfach untergraben. Mit ihrer Masse richten sie allein nur beim Herumlaufen bereits einen solchen Schaden an, daß die Freihaltung in einer Wohnung unmöglich ist.

PHOTO BY P. A. RUTLEDGE

Ein kleines Spornschildkrötenweibchen mit Jungtieren, deren Panzer durch Ernährungsfehler deformiert sind. Die Tiere sind mit etwa sieben Jahren geschlechtsreif und erst mit 15 bis 20 Jahren ausgewachsen.

Zur Haltung eines Einzeltieres wird daher unbedingt eine großräumige Freianlage mit einem mindestens 90 x 150cm großen "Schlafhaus" benötigt. Wer eine Zuchtgruppe halten möchte, die gewöhnlich aus einem Männchen und zwei Weibchen besteht, benötigt natürlich einen entsprechend größeren Unterschlupf. Dieses "Häuschen" sollte idealerweise mit zwei Klapptüren ausgestattet sein, die während kühler, windiger oder feuchter Wetterperioden geschlossen werden können. Auch während extrem heißer Sommertage helfen die geschlossenen Türen, den Unterschlupf vor der draußen herrschenden Hitze abzuschirmen. Die Temperaturen sollten innen gleichbleibend zwischen 27 und 30°C liegen, was in der kalten Jahreszeit den Einsatz einer Unterbodenheizung und eines Wärmestrahlers erforderlich macht. Die Tiere werden das "Häuschen" aufsuchen, sobald die Außentemperaturen 18°C unterschreiten.

Das ideale Futter besteht aus einem Gemüse-Obst-Salat. Die Tiere haben einen beachtenswerten Stoffwechsel, der vom Pfleger einiges an Arbeits- und Zeitaufwand für die Sauberhaltung erfordert. Große Landschildkröten wie diese produzieren Kotbrocken, die in ihrer Größe an Pferdeäpfel erinnern und regelmäßig entfernt werden müssen.

Die Paarung erfolgt in für Landschildkröten üblicher Weise - es geht relativ ruppig und geräuschvoll zu. Die Weibchen legen runde, weiße Eier, die größer als Tischtennisbälle sind. Oftmals produzieren sie mehrere Gelege in einer Saison, die jeweils zwölf oder mehr Eier umfassen. Die Schlüpflinge sind blaß gelblichbraun gefärbt und haben dunklere Schilderränder sowie oftmals einen einzelnen, mittig sitzenden, dunkelbraunen Fleck auf jedem Schild. Sie können während der ersten zwölf Lebensmonate in einem Terrarium gehalten werden. Dieses muß selbstverständlich beheizt sein und über eine Tageslichtbeleuchtung mit möglichst hohem UV-Lichtanteil verfügen. Bis zur Geschlechtsreife der Jungtiere vergehen vier bis sieben Jahre, die Lebenserwartung liegt bei mehr als 75 Jahren.

ANPASSUNGSFÄHIGE "PANTHER"

Die Pantherschildkröte, *Geochelone pardalis*, ist eine der am weitesten verbreiteten Landschildkröten. Sie kommt in Savannen im Sudan und am Horn von Afrika, südwärts bis zum Kap der Guten Hoffnung in Südafrika und von hier in nördlicher Richtung bis Namibia und Angola vor.

Innerhalb ihrer Gesamtverbreitung ist die Art in Größe, Form und Färbung variabel.

Gewöhnlich handelt es sich jedoch um eine schön gezeichnete Landschildkröte von einer stattlichen Größe. Alttiere sind blaß hellbraun, manchmal sogar beinahe weißlich gefärbt und zeigen auf dem Carapax schwarze Punkte und Flecken, die sich entlang der Wachstumsringe der Schilder konzentrieren. Besonders große Exemplare können fast einfarbig dunkelbraun sein, was allerdings nur sehr selten vorkommt.

Wie bei der Spornschildkröte sind auch hier zwei oder drei konische Sporne an jedem Hinterschenkel vorhanden, jedoch sind diese nicht annähernd so groß und auffällig wie bei erstgenannter. Erwachsene Tiere besitzen einen sehr hohen Carapax von 30 bis 45cm Länge. Mit einer Carapaxlänge von etwa 30cm sind die Tiere geschlechtsreif, allerdings lassen sich die Geschlechter nicht so einfach unterscheiden. Die Männchen sind gewöhnlich größer als die Weibchen, besitzen einen längeren Schwanz und ein leicht konkaves Plastron.

Diese Art kann im Haus gepflegt werden, vorausgesetzt, man kann ihnen einen eigenen Raum zur Verfügung stellen, der über eine ausreichend starke Heizung und eine Tageslichtbeleuchtung verfügt. Die bessere Lösung ist jedoch auch in diesem Fall ein geräumiges Freigehege mit einem Unterschlupf, der etwas kleiner sein darf als der für die Spornschildkröte. Die Pflegeansprüche sind ebenfalls mit denen der Spornschildkröte vergleichbar, jedoch mit dem Unterschied, daß sich die Pantherschildkröte besser an eine höhere Luftfeuch-

PHOTO BY P. A. RUTLEDGE

Unbeaufsichtigte Hunde sollten niemals mit Landschildkröten allein gelassen werden. Selbst der freundlichste Hund kann ein solches Tier verletzen.

PHOTO BY P. A. RUTLEDGE

Junge Spornschildkröten brauchen eine Auswahl an Gemüse- und Obstsorten sowie hohe Calcium- und Vitaminbeigaben, um einen normal geformten Carapax ausbilden zu können.

PHOTO BY P. A. RUTLEDGE

Obwohl sie heute regelmäßig nachgezogen werden, sind Spornschildkröten immer noch relativ teuer. Diebstähle dieser und anderer Landschildkröten sind nicht selten.

tigkeit anpassen kann. Das trifft besonders dann zu, wenn es sich um Nachzuchttiere handelt, die nicht allzu schwer zu finden sein sollten, denn diese Art wird bereits über mehrere Generationen nachgezogen.

Obwohl bei den Alttieren scheinbar keine Gesundheitsschäden auftreten, wenn sie hin und wieder etwas fleischliche Kost erhalten, ist bei den Jungtieren in dieser Hinsicht Vorsicht geboten. Ihr Organismus reagiert auf zu proteinhaltige Nahrung sehr empfindlich.

Wie erwähnt, sind Nachzuchten dieser Art keine Seltenheit mehr. Die Weibchen produzieren innerhalb einer Saison mehrere Gelege von jeweils 10 bis 15 Eiern. Gelegentlich treten auch Gelegegrößen von 24 bis 30 Eiern auf. Somit kann man die Tiere als ausgesprochen produktiv bezeichnen. Der Schlupf erfolgt nach 180 bis 240 Tagen, je nachdem wie hoch die Zeitigungstemperatur ist.

Die Jungtiere dieser Art sind wohl die schönsten aller Landschildkröten. Sie zeigen eine kräftige Zeichnung aus schwärzlich braunen Ringen um jedes Schild, einem rötlich braunen Ring auf jedem Schild und einem kräftigen, rotbraunen Fleck in der Mitte jedes Vertebral- und Costalschildes. Mit zunehmendem Alter verblaßt das Rotbraun, und die schwärzlich braunen Ringe brechen in immer kleiner werdende Punkte auf, die letztlich die Zeichnung der Alttiere ausmachen. Bis zum Erreichen der Geschlechtsreife vergehen etwa vier Jahre.

Pantherschildkröten genießen den Ruf, große, zutrauliche und eine Persönlichkeit besitzende Tiere zu sein, weshalb sie zu den beliebtesten aller Landschildkrötenarten zählen. Obwohl ihre Anschaffung eine ziemliche Investition erfordern kann, sind semiadulte Exemplare vermutlich ideale Pfleglinge für den Einsteiger, vorausgesetzt, dieser verfügt über einen Garten oder kann den Tieren ein Zimmer zur Verfügung stellen und wohnt nicht gerade dort, wo das Klima überwiegend kühl und feucht ist.

Oben: Daß Landschildkröten zahnlos sind, heißt nicht, daß sie nicht beißen können. Die Kieferränder dieser *Geochelone sulcata* (Spornschildkröte) sind tief gekerbt und erfüllen den gleichen Zweck wie Zähne. Foto R.D. Bartlett

Unten: Portrait einer "typischen" Spornschildkröte. Foto R.D. Bartlett

PHOTO BY K. H. SWITAK

Paarung bei *Geochelone sulcata.*

PHOTO BY W. P. MARA

Diese junge *Geochelone sulcata* läßt die kräftigen Schuppen auf den Vorderbeinen deutlich erkennen.

PHOTO BY A. NORMAN

Eine auffällig gezeichnete Panther-Schildkröte (*Geochelone pardalis*). Viele Jungtiere dieser Art sind so schön; die Alttiere sind bräunlich und schwächer gezeichnet.

PHOTO BY K. H. SWITAK

Schwanz einer weiblichen Panther-Schildkröte (*Geochelone pardalis*) mit den kleinen, konischen Spornen an Schenkeln und Schwanz.

PHOTO BY J. R. LOLL

Unterschiedliche Altersphasen der Panther-Schildkröte. Ein Schlüpfling, ein einjähriges und ein etwa sechsjähriges Tier.

PHOTO BY K. H. SWITAK

Annäherung vor der Paarung bei freilebenden Panther-Schildkröten. Dieses Foto wurde im Gemsbok National Park in der Kalahari (Botswana) aufgenommen und zeigt den natürlichen Biotop.

"ROT-, GELB- UND BRAUNFÜSSER"

Die Köhlerschildkröte (*Geochelone carbonaria*) und die Waldschildkröte (*G. denticulata*) sind in Südamerika beheimatet und Vertreter der Untergattung *Chelonoidis*. Ihre englischen Trivialnamen, Red-footed (Rotfüßige) und Yellow-footed (Gelbfüßige) Tortoises (Landschildkröten) beziehen sich auf die rot beziehungsweise gelb gezeichneten Beine.

Beide sind relativ große Arten mit einer Carapaxlänge von über 30cm. Sie passen sich gut an feuchte Klimabedingungen an und vertragen über kurze Zeitspannen sogar Temperaturen deutlich unter 16°C. Diese beiden Arten sind im Vergleich mit anderen großen Landschildkröten ungewöhnlich farbenprächtig, gewöhnen sich schnell an die Gesellschaft des Menschen und vermehren sich bereitwillig.

Eine nahe Verwandte, die Argentinische Landschildkröte, *G. chilensis*, ist dagegen einfarbig braun und schwierig zu halten.

KÖHLERSCHILDKRÖTE

Geochelone carbonaria ist eine geradezu beeindruckende Landschildkröte. Die Erwachsenen erreichen gewöhnlich eine Carapaxlänge zwischen 30 und 45cm.

Die Grundfarbe des Carapax ist schwarz oder tief dunkelbraun mit einzelnen, gelben bis orangefarbenen Flecken, die den Mittelpunkt jedes Schildes markieren. Die Vorderbeine sind mit kräftigen, spitzen Schuppen besetzt, von denen einige scharlachrot gefärbt sind. Der Kopf ist mit leuchtend orangefarbenen oder sogar kirschroten - bei Exemplaren aus Paraguay und Argentinien - Flecken und Streifen gezeichnet. Bei Tieren aus dem Süden der Verbreitung wirkt die Region um die Nasenlöcher oftmals geschwollen.

Die Köhlerschildkröte ist ein Bewohner von feuchten Waldgebieten an den Rändern zu Savannen und ist über fast den gesamten Norden von Südamerika bis in das östliche Panama hinein, südlich bis in den Osten des Amazonasgebiets und in einem breiten Gürtel vom zentralen Brasilien bis Argentinien und Paraguay verbreitet. Innerhalb dieser Gesamtverbreitung befindet sich südlich des Amazonas eine große Lücke, wo die Art nicht zu finden ist.

PHOTO BY Z. TAKACS

Portrait einer Köhlerschildkröte (*Geochelone carbonaria*). Der Anteil der Rotfärbung ist bei dieser Art sehr variabel.

Die Tiere mögen ein warmes, feuchtes Klima und verstecken sich gerne unter der Laubschicht am Waldboden. Im Norden von Südamerika können die Köhler- und die Waldschildkröte oftmals gemeinsam angetroffen werden.

Pflege

Soweit es die Witterungsbedingungen erlauben, sollten Köhlerschildkröten möglichst viel Zeit im Freien verbringen. Sie fressen gerne Gras, anderes Grünfutter und alle erdenklichen, kleingeschnittenen Obst- und Gemüsearten. Alttiere können auch hin und wieder kleine Mengen Fleisch in Form von Hunde- oder Katzenfutter erhalten, was man jedoch bei den Jungtieren unterlassen sollte.

Kurz bevor die Fortpflanzungssaison beginnt, lieben es die Tiere, während warmer Regenschauer zu grasen. Wenn die Temperaturen über 32°C steigen, ziehen sie sich in den Schatten zurück und nehmen ausgiebige Bäder. Die Art toleriert nächtliche Temperaturen bis etwa 10°C, jedoch gilt diese Angabe als Minimum und nur für kurze Zeit. Sollten die Werte in mehreren aufeinanderfolgenden Nächten so niedrig bleiben, empfiehlt es sich, die Tiere ins Haus zu holen. Stellt man ihnen aber einen trockenen und zugluftfreien Unterschlupf mit einem Wärmestrahler und einem Wassergefäß zur Verfügung, lernen sie schnell, diesen zur Nacht und während schlechter Wetterperioden aufzusuchen. und benötigen deshalb auch ganzjährig hohe Temperaturen.

Vermehrung

Die Köhlerschildkröte wächst schnell und ist im Alter von vier Jahren fast ausgewachsen und geschlechtsreif. Werden die Jungtiere bei konstant hohen Temperaturen gehalten und mit großen Fleischmengen gefüttert, kann dieser Entwicklungsstand bereits nach weniger als drei Jahren erreicht werden, jedoch ist das nicht zu empfehlen.

Die Paarung verläuft ähnlich wie bei anderen großen Landschildkrötenarten.

PHOTO BY R. D. BARTLETT

Diese Köhlerschildkröte (*Geochelone carbonaria*) zeigt leuchtend rote Schuppen auf den Vorderbeinen, die auf den Hinterbeinen nie vorhanden sind. Bei einigen Populationen dieser Art ist der Carapax mittig leicht eingesunken.

Wie bei allen Landschildkrötenarten sind auch hier die Alttiere bedeutend unempfindlicher gegen kühlere und wechselhafte Klimabedingungen als die Jungtiere, die am besten während ihrer ersten beiden Lebensjahre in einem großen, warmen, mit Tageslichtbeleuchtung ausgestatteten Terrarium im Haus gehalten werden.

Diese Art benötigt keine Winterruhe, weshalb die Tiere zu Beginn des Winters ins Haus geholt und dort bis zum nächsten Frühjahr warm gehalten werden sollten. Sie sind generell das ganze Jahr über aktiv Die Männchen sind an dem sehr langen, abgeflachten Schwanz zu erkennen. Außerdem besitzen die männlichen Tiere der meisten Populationen einen seitlich eingedrückten Panzer, der ihnen einen charakteristisch H-förmigen Umriß verleiht. Das Männchen ergründet das Geschlecht eines anderen Tieres, indem es seinen Kopf auf bestimmte Weise schwingt und auf eine positive Reaktion wartet. Dann beschnüffelt es die Kloakenregion des anderen Tieres, worauf Bisse in die Beine und das Rammen folgen. Während des Paarungsaktes geben die Männchen glucksende Laute von sich.

Die Weibchen produzieren zwei oder mehr Gelege pro Jahr, von denen jedes zwischen sechs und zwölf oder auch mehr, runde bis leicht längliche Eier umfaßt. Die Legekuhle ist gewöhnlich nur einige Zentimeter tief, und die Ablage kann innerhalb weniger Stunden abgeschlossen sein. Die Eier sollten dem Nest entnommen und in einen Inkubator überführt werden. Dieser ist idealerweise mit gut angefeuchtetem Vermiculit gefüllt, in dem die Eier fast vollständig eingebettet und bei 27 bis 30°C gezeitigt werden. Die Inkubationsdauer beträgt etwa vier bis sechs Monate, während denen der Brutbehälter gelegentlich für einen Luftaustausch geöffnet wird.

Die Schlüpflinge sind etwa 5cm lang, rundlich sowie braun und gelb gefärbt. Die Marginalia sind glattrandig. Sobald die Temperaturen im Freien 16°C überschreiten, können die Jungtiere in einem geschützten Freigehege gehalten, sollten jedoch bei wolkigem, wechselhaften Wetter ins Haus geholt werden.

WALDSCHILDKRÖTE

Die Gelbfüßige Land- oder Waldschildkröte, *Geochelone denticulata*, ist der Köhlerschildkröte sehr ähnlich, weshalb beide Arten gelegentlich verwechselt werden.

Der Carapax der Waldschildkröte ist in einem blasseren Braun gefärbt und zeigt gewöhnlich auf jedem Schild einen großen, unregelmäßigen, orangefarbenen oder gelblichen Fleck. Diese Flecken sind zwar auch bei der Köhlerschildkröte vorhanden, jedoch sind sie bei ihr kleiner und kräftiger in der Farbe.

Auf den Vorderbeinen sind gelbe bis leuchtend orangefarbene, niemals aber rote Schuppen zu sehen. Der Kopf ist normalerweise kräftig gelb bis orangefarben gezeichnet. Die Seiten des Carapax sind bei beiden Geschlechtern gerade bis leicht konvex, jedoch niemals konkav geformt, wie das bei vielen Männchen der Köhlerschildkröte der Fall ist.

PHOTO BY R. D. BARTLETT

Eine junge Köhlerschildkröte aus Paraguay mit intensiver Kopffärbung.

Die Waldschildkröte wird mit einer Carapaxlänge von bis zu 75cm etwas größer als *G. carbonaria* und mit einer Masse von 45kg auch schwerer. Auch sie ist ein Bewohner von feucht-tropischen Waldgebieten und nur sehr selten in trockenen, savannenartigen Biotopen anzutreffen. Sie ist über fast das gesamte nördliche und zentrale Südamerika östlich der Anden verbreitet, ist jedoch nicht so weit südlich oder nordwestlich wie die Köhlerschildkröte anzutreffen und gut an die häufig überschwemmten Wälder im Amazonasbecken angepaßt.

Die Pflege- und Fortpflanzungsbedingungen dieser Art entsprechen denen der Köhlerschildkröte. Beide Arten stellen die gleichen Futteransprüche und zeigen während warmer Regenschauer und kühler Nächte dasselbe Verhalten. Auch die Waldschildkröte wird am besten im Freien gehalten und lernt schnell, zum Schlafen und zum Schutz gegen unfreundliche Witterung ihren Unterschlupf aufzusuchen. Fallen die nächtlichen Temperaturen unter 10°C, sind die Tiere in einem Terrarium im Haus besser aufgehoben.

Die Weibchen setzen innerhalb einer Saison zwei Gelege, manchmal auch mehr ab. Ein Gelege umfaßt vier bis zwölf oder mehr Eier, die wie bei der Köhlerschildkröte beschrieben inkubiert werden. Die Schlüpflinge sind ebenfalls braun gefärbt, jedoch sind die Ränder der Marginalia hier deutlich gezahnt. Einige Jungtiere beginnen erst eine oder zwei Wochen nach dem Schlupf mit der Nahrungsaufnahme, wenn sie aber erst einmal zu fressen begonnen haben, wachsen sie schnell. Sie erreichen die Geschlechtsreife im Alter von etwa vier Jahren, mit einer Carapaxlänge zwischen 25 und 30cm.

Die Wald- und die Köhlerschildkröte sind beide exzellente Pfleglinge, die gewöhnlich problemlos fressen. Für den Einsteiger eignen sich halbwüchsige Nachzuchttiere am besten. Leider werden beide Arten auch heute noch in Südamerika wegen ihres Fleisches verfolgt und ihre Lebensräume durch Abholzung und Urbarmachung zunehmend verkleinert. Es besteht also auch hier die berechtigte Frage, wie lange diese beiden Arten in der Natur noch überleben können.

ARGENTINISCHE LANDSCHILDKRÖTE

Dies ist die dritte südamerikanische Landschildkröte der hier behandelten Gruppe. Die Art ist in der Terraristik nur sehr selten vertreten und gehört aus diesem Grund zu den unzureichend untersuchten Arten. Geochelone chilensis stammt nicht, wie man dem Namen nach vermuten könnte, aus Chile, sondern aus Paraguay und Argentinien. Die Art wurde gelegentlich im Handel angeboten, erwies sich jedoch als schwierig zu halten und wurde nur ausgesprochen selten nachgezogen.

PHOTO BY R. D. BARTLETT

Man beachte die kräftig gezahnten vorderen Marginalia dieser jungen Waldschildkröte (*Geochelone denticulata*).

PHOTO BY R. D. BARTLETT

Portrait einer adulten Waldschildkröte (*Geochelone denticulata*). Die gelben Schuppen auf den Vorderbeinen sind ebenfalls zu sehen.

Diese Landschildkröte ist in ihrer Form und Größe sehr variabel, was zu der Beschreibung von zwei separaten Formen führte. Die eine ist *donosobarrosi* - groß, ovaler Umriß, Verbreitung südlicher; die andere ist *petersi* - klein, längliche Form, Verbreitung nördlicher. Heute werden diese beiden Namen jedoch überwiegend als Synonyme von *chilensis* betrachtet, obwohl doch noch immer einige Zweifel in dieser Hinsicht bestehen.

Die Argentinische Landschildkröte erreicht eine Carapaxlänge zwischen 20 und 40cm und zeigt eine sandbraune Färbung. Der obere Panzer ist normalerweise ungezeichnet oder weist lediglich dunkelbraun verfärbte Wachstumsringe auf. Der Kopf und die Beine sind ebenfalls braun; die Vorderbeine sind zeichnungslos, jedoch mit einigen auffallend großen Schuppen bedeckt. Auf der Rückseite der Schenkel befinden sich deutlich vergrößerte Tuberkeln.

Die Art bewohnt trockene Strauchsavannen und Wüsten. Das Klima ist hier im Sommer extrem heiß, im Winter relativ kalt, und Regenfälle sind eine große Seltenheit. Exemplare aus dem nördlichen Verbreitungsgebiet überwintern in flachen Erdkuhlen, wohingegen solche aus den südlicheren Gebieten den Winter in regelrecht tiefen Erdhöhlen verbringen, wie es auch von den Gopherschildkröten bekannt ist.

PHOTO BY K. H. SWITAK

Schwanz einer Argentinischen Landschildkröte (*Geochelone chilensis*) mit der Gruppe konischer Schuppen auf den Schenkelinnenseiten. Die Geschlechter sind hier nur schwer zu unterscheiden.

Die Geschlechter dieser Art lassen sich nicht einfach unterscheiden. Die Männchen sind gewöhnlich etwas kleiner als die Weibchen, von leichterem Körperbau und besitzen nur relativ unwesentlich längere Schwänze. Bei den Männchen können die Köpfe breiter und kräftiger gefärbt als bei den weiblichen Tieren derselben Population sein. Die vergrößerten Schuppen an den Vorderbeinen sind bei den Männchen dunkelbraun, bei den Weibchen sind sie gelblichbraun gefärbt.

In der Natur produzieren die Weibchen Gelege mit jeweils zwei, manchmal auch bis zu sechs Eiern, die im Februar oder März, also im südlichen Sommer, abgelegt werden. Bis zum Schlupf benötigen die Eier in der Natur ein volles Jahr, wohingegen für die künstliche Inkubation in einem Brutkasten lediglich vier Monate ausreichen. Die Jungtiere zeigen eine flache, rundliche Körperform und sind fast immer einfarbig braun. Da sie über die langen Wintermonate nicht aktiv sein können und schlafen, wachsen sie sehr langsam und werden vermutlich erst im Alter von 12 Jahren geschlechtsreif.

Das natürliche Futter der Argentinischen Landschildkröte besteht zum größten Teil aus trockenen Gräsern, Kakteen und ähnlichen Pflanzen. Im Terrarium lassen sich mit einer Mischung aus verschiedenen Gemüse- und Obstsorten ernähren; gelegentlich wird auch Wasser getrunken. Im Gegensatz zu den Köhler- und Waldschildkröten, benötigt die Argentinische Landschildkröte eine ausgiebige Winterruhe.

Geochelone chilensis ähnelt den nordamerikanischen Gopherschildkröten in vielen Punkten, weshalb es auch schon zu Verwechslungen gekommen ist. Gopherschildkröten besitzen allerdings ein Nuchalschild, das bei *Geochelone chilensis* fehlt. Die auftretenden Probleme bei der Haltung von Argentinischen Landschildkröten entsprechen ebenfalls denen bei Gopherschildkröten, und beide leiden durch Übersammeln und die Zerstörung ihrer Biotope unter einem starken Populationsrückgang. Die Argentinische Landschildkröte ist für den Anfänger nicht zu empfehlen, besonders dann nicht, wenn es sich nicht um Nachzuchten, sondern Wildfangtiere handelt.

Junge Argentinische Landschildkröten wachsen sehr langsam.

ASIATISCHE "STERNE" UND "BRAUNE"

DIE "STERNE"

Dieses Kapitel behandelt eine Auswahl asiatischer und madagassischer Arten der Gattung Geochelone, die hier mehr wegen der ähnlichen Färbung und Zeichnung als aufgrund tatsächlich vorhandener, gemeinsamer struktureller Merkmale in einer Gruppe zusammengefaßt werden.

Die vier "Sterne" der Gattung *Geochelone* bilden zwei Artenpaare. Das eine Paar besteht aus den beiden asiatischen Arten, der Sternschildkröte, *Geochelone elegans*, aus Indien und von Sri Lanka und der seltenen und wenig bekannten Burmesischen Landschildkröte, *G. platynota*, aus dem südlichen Burma. Das zweite Paar wird von den madagassischen Arten, nämlich der Strahlenschildkröte, *G. radiata*, aus der südlichen Hälfte Madagaskars und der Madagassischen Schnabelbrust-Schildkröte, *G. yniphora*, aus dem nordwestlichen Teil Madagaskars gebildet. Letztere werden bisweilen auch der Gattung oder Untergattung *Asterochelys* zugeordnet. In beiden Fällen ist jeweils eine Art relativ einfach erhältlich, wohingegen die andere eine absolute Rarität verkörpert.

PHOTO BY K. H. SWITAK

Eine typische, schön gezeichnete Sternschildkröte (*Geochelone elegans*).

STERNSCHILDKRÖTE

Geochelone elegans ist sowohl in Form und Färbung eine der schönsten Landschildkröten, die häufig gepflegt wird und fast überall in Indien und auf Sri Lanka zu finden ist. Ihre sehr unterschiedlichen Lebensräume reichen von Monsunregenwäldern bis hin zu wüstenartigen Gebieten.

Mit einer maximalen Carapaxlänge von etwa 28cm ist sie auch für die Haltung im Haus noch klein genug und deshalb bei den Pflegern in kühlen Klimazonen, wo kaum die Möglichkeit einer Freilandhaltung besteht, besonders beliebt.

Der Carapax dieser Art ist sehr stark gewölbt. Die einzelnen Centralia und Costalia bilden kleine Pyramiden, von denen jede einen leuchtend gelben Mittelpunkt hat und mit ebenfalls gelben, schmalen, sternförmig verlaufenden Linien gezeichnet ist. Die Grundfarbe des Carapax ist schwärzlich dunkelbraun und steht in einem starken Kontrast zu den gelben "Sternen". Das Plastron ist gelb und mit schwarzen, strahlenförmigen Linien gezeichnet. Kopf und Beine sind meist blaß gelblich-braun gefärbt - eine schönere Landschildkröte kann man sich kaum vorstellen.

Leider ist diese Art nicht einfach zu halten. Aus bisher noch unbekannten Gründen scheint sie sehr empfindlich auf eine langanhaltende, hohe Luftfeuchte zu reagieren. Es ist zu empfehlen, in die Haltung sowohl den Aufenthalt an warmen, trockenen Tagen im Freien, wie auch die Unterbringung in einem beheizten Terrarium mit Tageslichtbeleuchtung einzubeziehen, wenn es draußen kühl und feucht ist. Nachzuchttiere mögen in dieser Hinsicht anpassungsfähiger als Wildfänge sein, jedoch sollte man das nicht als Garantie dafür ansehen, daß die besagten Probleme bei Nachzuchten nicht auftreten - ein gewisses Risiko besteht bei dieser Art in jedem Fall.

Die Ernährung ist mit einer Obst- und Gemüsemischung, neben dem üblichen Grünfutter und gelegentlichen, kleinen Fleischmengen einfach. Die Haltungstemperatur sollte am Tage zwischen 27 und 30°C liegen, die am einfachsten durch die Kombination einer Unterbodenheizung mit einem Wärmestrahler zu erzielen ist. Den Tieren sollte stets frisches Wasser zur Verfügung stehen.

PHOTO BY R. D. BARTLETT

Ein sehr junges Nachzuchttier der Sternschildkröte (*Geochelone elegans*) mit der auffälligen Jungtierfärbung.

Die Weibchen produzieren gewöhnlich kleine Gelege mit nur fünf bis sieben Eiern, dafür werden jedoch in einer Saison pro Weibchen bis zu acht oder neun Gelege abgesetzt. Die Schlüpflinge sind schwarz und orangegelb gefärbt, wobei ihnen die gelbe Sternzeichnung der Eltern noch fehlt. Über viele Jahre war die Sternschildkröte eine der häufigsten Landschildkröten in der Terraristik, bis in den siebziger Jahren die Ausfuhr aus Indien eingestellt wurde. Leider waren zu dieser Zeit nicht genügend Zuchtpaare vorhanden, um die Nachfrage durch Nachzuchttiere zu decken, weshalb die Art schnell schwer erhältlich wurde. In jüngster Zeit wurde der Handel erneut aufgenommen, weshalb mitunter wieder adulte Wildfangexemplare im Handel angeboten werden. Wer solche Tiere erwirbt, sollte sie umgehend einem Tierarzt vorführen und für mindestens sechs Wochen in Quarantäne halten. Heute wird die Art erfolgreich und regelmäßig vermehrt, was in absehbarer Zeit zu einem verstärkten Angebot von qualitativ einwandfreien Jungtieren führen sollte.

PHOTO BY R. D. BARTLETT

Im Wachstum werden die Schilder der Sternschildkröte dunkler, und das Gelb wird zu strahlenförmigen Linien reduziert.

Burma-Landschildkröte

Die Burma-Landschildkröte, *G. platynota*, ist mit der Sternschildkröte

PHOTO BY R. D. BARTLETT

Eine schöne Sternschildkröte (*Geochelone elegans*). Dieses Tier macht seinem Namen alle Ehre.

PHOTO BY R. D. BARTLETT

Eine sehr junge Strahlenschildkröte (*Geochelone radiata*). Die Carapaxzeichnung ähnelt in gewisser Weise der einer jungen Sternschildkröte.

verwandt, jedoch im Gegensatz zu ihr nur sehr selten einmal in einem Terrarium zu sehen.

Die Art ähnelt der Sternschildkröte in vielen Punkten, zeigt aber auf ihrem Carapax eine weniger aufwendig strukturierte Sternzeichnung mit einer geringeren Anzahl von gelben, strahlenartig angeordneten Linien. Ihr Plastron ist gelb und anstatt mit schwarzen, sternförmigen Linien, mit schwarzen, aber dreieckigen Flecken gezeichnet.

Allerdings soll die Burma-Landschildkröte, als Schmorfleisch zubereitet, eine wahre Delikatesse sein, weshalb man sich auch hier die Frage stellen muß, wie lange die natürlichen Populationen dieser Bedrohung noch standhalten können.

PHOTO BY R. D. BARTLETT

Strahlenschildkröten (*Geochelone radiata*) haben meist schwarze Köpfe und ein deutlich sichtbares Halsschild.

PHOTO BY P. FREED

Sternschildkröten (*Geochelone elegans*) haben gewöhnlich gelbe Köpfe mit schwarzer Zeichnung und kein Halsschild.

STRAHLENSCHILDKRÖTE

Madagaskar ist die Heimat von zwei großen Landschildkröten mit sehr hohem Carapax. Beide werden als akut vom Aussterben bedrohte Arten im Anhang I des Washingtoner Artenschutzübereinkommen geführt, jedoch sind wenigstens von der Strahlenschildkröte, *Geochelone radiata*, Nachzuchttiere erhältlich. Es soll allerdings nicht verschwiegen werden, daß Nachzuchten nur in geringer Zahl verfügbar und dementsprechend teuer sind.

Die Strahlenschildkröte erreicht eine Carapaxlänge von 40cm und wirkt durch ihren sehr hohen Carapax regelrecht massig. Die dunkelbraune bis schwärzliche Grundfarbe ist mit einer leuchtend gelben, strahlenartigen Zeichnung verziert, die jener der Sternschildkröte zwar ähnelt, jedoch etwas einfacher ist. Die Beine und der

Kopf sind kräftig gelb, wobei sich direkt auf dem Kopf ein schwarzer Fleck befinden kann. Das Plastron ist ebenfalls gelb und mit großen, dreieckigen, schwarzen Flecken gezeichnet. Auch hier kann bei einigen Exemplaren die Andeutung einer aus gelben Linien bestehenden Strahlenzeichnung vorhanden sein.

Diese Art, wie auch die sehr ähnliche Madagassische Schnabelbrust- Schildkröte, besitzen ein fast ebenmäßiges, rundes Erscheinungsbild, da die einzelnen Centralia und Costalia hier glatt und nicht wie bei der Sternschildkröte pyramidenförmig gewachsen sind. Die Strahlenschildkröte bewohnt das trockene Buschland im Süden von Madagaskar, wo sie sich von Gräsern, Früchten und sukkulenten Pflanzen ernährt.

Die Haltung ist relativ einfach, vorausgesetzt, die Luftfeuchtigkeit wird niedrig gehalten. Die Tiere eignen sich sehr gut für eine fast ganzjährige Freilandhaltung, wenn ihnen für feuchte und kühle Tage und vor allem für die kalten Wintermonate ein beheizter Unterschlupf geboten wird. Die Männchen dieser Art werden erst mit einer Carapaxlänge von über 30cm geschlechtsreif.

Die Strahlenschildkröte wird bereits mindestens seit 1973 nachgezogen, und heutzutage können einige Zoos und Privatzüchter jedes Jahr ansehnliche Erfolge verzeichnen. Die Weibchen setzen pro Jahr bis zu sechs Gelege mit jeweils etwa sechs Eiern ab, sind also ausgesprochen produktiv. Bei niedrigen Zeitigungstemperaturen kann die Inkubationsdauer extrem lang sein und zwischen fünf und zehn, manchmal sogar bis zu zwölf Monate betragen. Bei Temperaturen um 30°C benötigen die Eier jedoch nur etwa drei Monate bis zum Schlupf. Im Gegensatz zu den Jungtieren der Sternschildkröte sind bereits die Schlüpflinge dieser Art Abbilder ihrer Eltern - lediglich die Strahlenzeichnung ist etwas heller, nämlich weißlich anstatt gelb.

Die Seltensten der Seltenen

Die Madagassische Schnabelbrust-Schildkröte, *G. yniphora*, ist mit vermutlich weniger als 400 noch in der Natur existierenden Exemplaren eine ausgesprochene Rarität. Diese im Nordwesten von Madagaskar lebende Art ist der Strahlenschildkröte sehr ähnlich, jedoch fehlt ihr die Strahlenzeichnung auf ihrem kräftig braunen Carapax, und auch das Plastron ist fast zeichnungslos. Das Kehlschild (Gulare) des Plastron ist ungeteilt, sehr lang und im vorderen Bereich nach oben gebogen, wohingegen das der Strahlenschildkröte paarig, kürzer und nicht gebogen ist. Nachzuchterfolge zu verzeichnen sind, ist die Art aufgrund ihres strengen Schutzstatus kaum für einen Privatpfleger erhältlich. Auf Madagaskar sind diese Tiere beliebte Fleischlieferanten, deren Lebensräume - trockene Bambuswälder - zu allem Überfluß auch noch einer rapiden Zerstörung unterliegen. Die Madagassische Schnabelbrust-Schildkröte hat in der Natur kaum noch Überlebenschancen - ihre Tage scheinen bereits gezählt.

DIE “BRAUNEN”

Die Braune Landschildkröte, *Manouria emys*, ist ein primitiver Verwandter der Gattung *Geochelone* und wird auch heute noch häufig in diese Gattung gestellt.

Der Trivialname ist in diesem Fall ausgesprochen zutreffend, denn es handelt sich um eine oberseits einfarbig dunkel- bis olivbraune Art mit schwärzlichen Beinen und einem ebenfalls dunklen Kopf. Das Plastron ist gelblich mit kräftigen, braunen Schattierungen.

Obwohl die Art eine weite natürliche Verbreitung besitzt, die von den Hochlandwäldern im Norden von Indien und Bangladesh über Burma und Thailand bis nach Sumatra und Borneo reicht, ist sie nur gelegentlich bei Privatpflegern anzutreffen.

Derzeit ist nur die nördliche Unterart, *M. e. phayrei*, häufiger zu sehen. Sie ist vom Norden Indiens bis nach Zentralthailand verbreitet und besitzt einen hohen Carapax. Sie ist mit einer Länge von 60cm ausgewachsen und sieht

PHOTO BY B. CHRISTIE

Die sehr seltene Madagassische Schnabelbrust-Schildkröte (*Geochelone yniphora*), ist ein großes, braunes Tier mit einem einzelnen, langen, oft gebogenen Gularschild (Kehlschild).

auf den ersten Blick fast wie die Gewöhnliche Gopherschildkröte, *Gopherus polyphemus*, aus. Sie ist jedoch von dieser deutlich anhand einer Gruppe großer Sporne oder Tuberkeln zu unterscheiden, die sich jeweils auf den Rückseite der Schenkel befinden. Diese können so groß sein, daß der Eindruck erweckt wird, das Tier hätte ein zusätzliches Beinpaar.

Die Braune Landschildkröte liebt ein feuchtes Klima und mittlere Temperaturen. In der Natur wurde sie beim Fressen von Wasserpflanzen in Waldbächen beobachtet - ein für eine Landschildkröte unvermutetes Verhalten.

Die Art eignet sich am besten für die Freilandhaltung, genießt das Grasen an warmen, regnerischen Tagen und liebt Rasensprenger. Die bevorzugten Haltungstemperaturen liegen zwischen 16 und 27°C, bei einer relativen Luftfeuchtigkeit von über 70%. Langanhaltende trockene und heiße Wetterperioden werden nicht gut vertragen.

Die Weibchen bauen aus feuchtem, am Waldboden liegenden Laub ein gigantisches Nest, worin sie die bis zu 50 Eier eines Geleges ablegen. Berichten nach bewachen die Weibchen ihre Gelege für einige Tage.

Über die kontrollierten Fortpflanzungsbedingungen in menschlicher Obhut ist leider nur wenig bekannt. Anfangs konnten nur einige Zoos Nachzuchten verzeichnen, jedoch hat sich der Erfolg in jüngster Zeit auch bei Privatzüchtern eingestellt. Die Schlüpflinge sind etwa 5cm lang und braun gefärbt, wobei die Mittelfelder der Schilder hellbraun sind. Die kräftig ausgebildeten Ränder um die Schilder verleihen ihnen ein etwas merkwürdiges, schrumpeliges Aussehen. Sie sind sehr empfindlich und sollten nicht vor einem Alter von mindestens neun Monaten ins Freie gesetzt werden.

Diese Schildkröten werden in der Dämmerung aktiv, nehmen keine Sonnenbäder, und fressen am liebsten bei regnerischem Wetter oder wenn sie mit warmem Wasser besprüht werden. Die Jungtiere reagieren fast umgehend negativ auf eine zu niedrige Luftfeuchtigkeit. Sinken die Werte unter 70%, muß ihr Terrarium mit warmem Wasser ausgesprüht werden, weshalb sich hier der Einsatz einer automatisch gesteuerten Benebelungsanlage lohnt.

Die Ernährung ist mit einer Auswahl an Grünfutter, Gemüse- und Obstsorten einfach. Es liegen Aussagen von Pflegern vor, die darauf hinweisen, daß das Verabreichen von Hunde- oder Katzenfutter zu schweren Deformationen bei im Wachstum befindlichen Jungtieren führt und deshalb unbedingt zu unterlassen ist.

Die südliche Unterart, *M. e. emys*, ist mit einer Carapaxlänge von 45 cm kleiner und besitzt einen deutlich abgeflachten Rückenpanzer. Ihre Gelege sollen kleiner sein und lediglich jeweils fünf bis acht Eier umfassen. Sie ist der anderen *Manouria*-Art, der seltenen und kaum untersuchten Hinterindischen Landschildkröte, *M. impressa*, aus Südostasien in vieler Hinsicht ähnlicher als *M. emys*.

Diese Art, *M. impressa*, die der Terraristik so gut wie unbekannt ist und in der Natur einer schnell fortschreitenden Dezimierung unterliegt, ist gelblich braun gefärbt und besitzt im hinteren Carapaxbereich deutlich ausgebildete, gezahnte Marginalia. Der Carapax der Jungtiere soll stark gekielt sein und ebenfalls kräftig gezahnte Marginalia aufweisen, wie man es von den Erdschildkröten der Gattung *Heosemys* kennt. Es ist sehr unwahrscheinlich, daß diese Art jemals der Terraristik zugänglich wird.

PHOTO BY R. D. BARTLETT

Eine attraktive Gelbkopf-Landschildkröte (*Geochelone elongata*). Der helle Kopf soll in der Paarungszeit rosafarben werden, was im Terrarium leider nur selten beobachtet werden konnte.

PHOTO BY J. R. LOLL

Paarung bei Gelbkopf-Landschildkröten (*Geochelone elongata*).

GELBKOPF-LANDSCHILDKRÖTE

Zu der etwa 30cm langen Gelbkopf-Landschildkröte, *Geochelone (Indotestudo) elongata*, muß nicht viel gesagt werden. Diese aus dem südlichen Asien stammende Art ähnelt in fast allen Punkten der Braunen Landschildkröte. Obwohl erstere gern hin und wieder etwas fleischliche Nahrung annimmt, entsprechen die generellen Haltungs- und Ernährungsangaben für die Braune Landschildkröte denen für die Gelbkopf-Landschildkröte. Diese soll allerdings eine sehr aggressive Art sein, bei der die Geschlechter generell einzeln zu halten sind. Die Gelege sind klein und umfassen nicht mehr als jeweils zwei bis drei Eier. Nachzuchterfolge sind selten.

Der Carapax der Gelbkopf-Landschildkröte ist schmal, nicht sehr hoch und gewöhnlich schmutzig braun mit dunkelbraunen sowie schwärzlichen Flecken und Punkten. Der Kopf ist sehr blaß, fast weißlich, soll jedoch während der Paarungszeit kräftig rosafarben sein.

Die Art kann bestimmt nicht als Schönheit bezeichnet werden, es besteht allerdings die Möglichkeit, daß wenn mehr Nachzuchttiere erhältlich wären, auch sie vielleicht gerade wegen ihres etwas merkwürdigen Aussehens ihre Liebhaber finden würde.

Obwohl auch sie ihre Freunde hat, kann die Braune Landschildkröte (*Manouria emys*) bestimmt nicht als Schönheit bezeichnet werden. Die einfarbig braune Art ist schwer zu vermehren. Der Gattungsname *Manouria* ist einer von mehreren, die häufig als Synonyme von *Geochelone* geführt werden.
Foto oben R.D. Bartlett, Foto unten A. Norman

DIE LETZTEN RIESEN

Obwohl die folgenden Arten - wie schon einige andere auch - eigentlich nicht in ein Buch für Einsteiger gehören, sollen dennoch wenigstens einige Worte über die letzten und echten "Riesen" unter den Landschildkröten erlaubt sein. Gemeint sind die Galapagos-Riesenschildkröte, *Geochelone nigra*, (vormals *elephantopus*) und die Seychellen-Riesenschildkröte, *G. gigantea*).

SEYCHELLEN-RIESENSCHILDKRÖTE

Die Art *Geochelone gigantea* repräsentiert die letzten Überlebenden der ehemals wahrscheinlich Dutzende von Arten umfassenden Gruppe der Riesenschildkröten, die einstmals die Inseln im Indischen Ozean bevölkerten. Ähnlich große Arten waren auch in Nordamerika und auf dem asiatischen Festland vertreten, jedoch starben diese bereits aus, bevor der erste zivilisierte Mensch seinen Fuß in diese Gebiete setzte. Auf den Inseln im Indischen Ozean überlebten die Tiere viel länger, und als sich die ersten Europäer und Asiaten hier niederließen, gab es noch viele von ihnen. Natürlich sind große Landschildkröten eine exzellente Nahrungsquelle, weshalb der Mensch sie in kürzester Zeit an den Rand der Ausrottung trieb. Die Seychellen-Riesenschildkröte schaffte es, in isolierten Gebieten zu überleben, und auch heute lebt die Art noch auf wenigen Inseln nördlich vor Madagaskar sowie in vielen Zoologischen Gärten überall auf der Welt.

Geochelone gigantea macht ihrem wissenschaftlichen Artnamen alle Ehre, denn sie ist wirklich die größte lebende Landschildkröte. Die Carapaxlänge adulter Exemplare beträgt 140cm, und sie wiegt dann mindestens 255kg. Damit ist sie nicht nur schwerer als die Galapagos-Riesenschildkröte, sondern auch noch um 20cm länger. Allerdings muß auch gesagt werden, daß viele Wissenschaftler diese Angaben als übertrieben betrachten, und sie mögen damit durchaus Recht haben.

PHOTO BY K. H. SWITAK

Ein etwa drei Jahre altes Nachzuchttier der Galapagos- Riesenschildkröte (*Geochelone nigra*). Man beachte die runden Nasenlöcher hoch über dem Maul.

Selbstverständlich sind Landschildkröten dieser Größenordnung nicht mehr im Garten haltbar, sie können jedoch in vielen Zoologischen Gärten bewundert werden. Der Carapax ist mehr flach, breit und schwärzlich gefärbt. Gewöhnlich ist eine einzelnes Nuchalschild vorhanden. In Menschenhand gehaltene Tiere haben oftmals durch eine falsche Ernährung hervorgerufene deformierte Schilder.

In der Natur produzieren die Weibchen innerhalb eines Jahres mehrere Gelege, wenn sie in kleinen Populationen leben. Ist die Population groß, legen sie nur alle paar Jahre Eier ab. Die Seychellen-Riesenschildkröten sind Allesfresser und ernähren sich von fast allem, was die Natur zu bieten hat - Gräser, Blüten, Früchte, Gemüse und auch andere Tiere. Es wird berichtet, daß sie kleine Schweine und Küken unter ihrem Plastron erdrücken würden und dann auffräßen. In ganz seltenen Fällen sind Nachzuchttiere erhältlich.

GALAPAGOS-RIESENSCHILDKRÖTE

Ein sehr komplexes Problem in der Schildkrötentaxonomie ist die Frage, wieviele Arten und Unterarten der Galapagos-Riesenschildkröte existieren. Die Art wurde erst kürzlich von *Geochelone elephantopus* in *Geochelone nigra* umbenannt, obwohl der erste Name für diese elefantenfüßigen Riesen keinesfalls unzutreffend war. Die Umbenennung in *nigra* ist umstritten und wird nicht von allen Herpetologen anerkannt.

Es wurden mindestens zwölf verschiedene Namen für die unterschiedlichen Inselformen vergeben, was man allerdings auch als rein akademische Klimmzüge bezeichnen könnte. Nachdem man die Tiere häufig von einer Insel auf andere transportiert hat, um vorhandene Populationen zu erhalten oder neue anzusiedeln, ist es zu Kreuzungen gekommen, die dazu geführt haben, daß die sowieso schon sehr variablen Tiere nun kaum noch zu unterscheiden sind und die verschiedenen aufgestellten Arten und Unterarten zweifelhafter denn je erscheinen.

Die Art erreicht eine Carapaxlänge von 120cm und eine Masse von 225kg. Die Carapaxform variiert von sehr flach bis extrem hoch. Bei einigen Formen, wie der sogenannten Sattelrücken-Riesenschildkröte, ist der vordere Panzerteil der Männchen auffällig hoch, was eventuell eine Anpassung an die innerartliche Kampftechnik sein könnte. Das Tier mit dem längeren Hals und höheren “Sattel” hat einem weniger gut entwickelten Rivalen gegenüber einen nicht zu verachtenden Vorteil. Eine andere Erklärung könnte sein, daß diese Carapaxform einen Vorteil beim Fressen an baumähnlichen Kakteen bietet.

Nicht alle Galapagos-Riesenschildkröten erreichen eine so beachtliche Größe; man kann also auch auf kleinere Exemplare treffen, die keine Jungtiere mehr, sondern ausgewachsene Tiere sind. Die Art ist die größte Touristenattraktion, die die Galapagosinseln im Westen vor Ecuador zu bieten haben. Schiffe mit Touristen halten in regelmäßigen Abständen vor den Inseln, wo die Besucher in kleine Barkassen umsteigen und zur Schildkrötenbesichtigung an Land gebracht werden. Jeder von ihnen bezahlt eine “Landungsgebühr”, und alle sind glücklich - zumindestens was die Zweibeiner betrifft.

PHOTO BY R. D. BARTLETT

Ein Nachzuchttier der Seychellen-Riesenschildkröte (*Geochelone gigantea*). Man beachte die spitze Schnauze.

Unglücklicherweise hat eine zunehmende Anzahl von piratenartig operierenden Fischern und Siedlern ihren Geschmack für Schildkrötenfleisch entdeckt, weshalb die Tiere erneut der Gefahr der Ausrottung entgegensehen.

Wer über die nötigen Papiere und geeignete Unterbringungsmöglichkeiten verfügt, kann auf der Suche nach einem Nachzuchtexemplar dieser Art schon einmal Glück haben. Die Tiere vermehren sich relativ willig, wenn ihnen ein warmes, trockenes Klima geboten wird. Haben sie sich eingelebt, sind es robuste und langlebige Pfleglinge.

Wie die Seychellen-Riesenschildkröte lebt auch diese Art mehr als 100 Jahre - ein Aspekt, der nicht unbeachtet bleiben sollte, wenn man sich mit dem Gedanken trägt, die Galapagos-Riesenschildkröte halten zu wollen. Der Pfleger sollte also nicht vergessen, in seinem Testament einen Nachbesitzer zu benennen.

Seychellen- und Galapagos-Riesenschildkröten werden selbst von den Pflegern in Zoos oftmals verwechselt, und es kommt nicht selten vor, daß man beide Arten zusammen in einem Gehege sieht, das nur mit einem Namen gekennzeichnet ist.

Große, dunkelbraune oder schwärzliche Landschildkröten mit oftmals stark

Oben: Paarung bei *Geochelone nigra hoodensis*, eine der "Sattelrücken"-Unterarten, nahe der Darwin Station auf Santa Cruz, einer der Galapagos-Inseln. Foto K.H. Switak.

Unten: Paarung bei *Geochelone gigantea* (Seychellen- Riesenschildkröte) in einem Naturpark. Die beiden Arten werden oft verwechselt, und ihre wissenschaftlichen Namen wurden etliche Male geändert. Foto U.E. Friese

PHOTO BY R. D. BARTLETT

Eine junge Galapagos-Riesenschildkröte (*Geochelone nigra*) mit dem typisch abgeflachten Gesicht.

deformierten Rückenpanzern sehen auf den ersten Blick fast immer gleich aus. Bei den Galapagos-Riesenschildkröten fehlt gewöhnlich das einzelne Nuchalschild, das allerdings auch nicht bei allen Seychellen-Riesenschildkröten vorhanden ist. Ein intensiver Blick in die Gesichter der beiden Arten ist da ein bedeutend zuverlässiger Weg zur Unterscheidung.

Bei der Seychellen-Riesenschildkröte ist der Kopf deutlich keilförmig und zeigt vertikale, schlitzartige Nasenlöcher, die am Ende der hervorstehenden, etwas spitzen Schnauze, nicht weit über dem Maul sitzen. Die Galapagos-Riesenschildkröte hat dagegen ein abgeflachtes, etwas pausbackiges Gesicht mit runden Nasenlöchern, die sich weit über dem Maul befinden. Von der Seite betrachtet, hat das Gesicht eine mehr verti kale Silhouette.

Anhand dieser gut sichtbaren Merkmale lassen sich die beiden Arten viel einfacher und zuverlässiger unterscheiden, als das nur anhand der Carapaxform und -färbung möglich ist.

AFRIKANISCHE SCHÖNHEITEN

Afrika ist die Heimat vieler Landschildkröten. Hier leben mehr dieser faszinierenden Tiere als sonstwo auf der Welt, und viele von ihnen sind kleine und ansprechend gefärbte Arten, die schon immer das Interesse von Terrarianern geweckt haben.

In diesem Kapitel sollen fünf Gattungen angesprochen werden, die allerdings nur schwer erhältlich sind. Sicherlich haben auch all die anderen Gattungen und Arten ihre Liebhaber, und vielleicht sind gelegentlich Nachzuchten von der einen oder anderen beschaffbar - vorausgesetzt, der Interessent verfügt über das nötige Kleingeld. In den meisten Fällen wird man allerdings vergeblich darauf hoffen, ein Nachzuchttier oder auch ein Wildfangexemplar ergattern zu können, denn die in Südafrika beheimateten Arten sind generell und ohne Ausnahme strengstens geschützt und von der legalen Ausfuhr so gut wie ausgeschlossen. Wer allerdings einmal einen Urlaub in Süd- oder Westafrika plant, kann dort viele seiner Favoriten in Naturparks, Reptilienparks und Wildreservaten beobachten.

AFRIKANISCHE SCHNABELBRUST-SCHILDKRÖTE

Chersina angulata wird als die Afrikanische Schnabelbrust-Schildkröte bezeichnet, weil ihr auffälligstes Merkmal ein langes, ungeteiltes, vorne nach oben gebogenes Gulare (Kehlschild) ist. Dieses Plastralschild, welches ganz vorne, mittig unter dem Hals des Tieres sitzt, ähnelt in seiner Form dem hervorstehenden Bug eines Segelschiffes.

PHOTO BY K. H. SWITAK

Ein Schlüpfling der Afrikanischen Schnabelbrust-Schildkröte (*Chersinia angulata*) aus Südafrika.

Die Afrikanische Schnabelbrust-Schildkröte ist ein sehr schönes Tier mit einer maximalen Carapaxlänge von 30cm, die jedoch gewöhnlich nicht erreicht wird. Der sehr hohe Carapax ist von länglicher Form. Bei manchen Männchen ist er in der Mitte leicht eingedrückt. Der Halsausschnitt ist auffallend tief und breit. Die Grundfarbe ist ein glänzendes Dunkelbraun mit jeweils einem gelben Ring um jedes Costal- und Centralschild, sowie breiten, ebenfalls gelben Dreiecken auf den Marginalia. Kopf und Beine sind dunkelbraun.

Die Art bewohnt sandige, strauchbewachsene, wüstenähnliche Gebiete im Südwesten von Afrika, wo sie sich von trockenen Gräsern, Sukkulenten und anderen Pflanzen ernährt. In der Terraristik gilt sie als heikel und verträgt keine höhere Luftfeuchtigkeit. Sie läßt sich mit verschiedenen Gemüsesorten, speziell mit Hülsenfrüchten ernähren.

Die Art wurde bereits gelegentlich gezüchtet. Die Weibchen setzen pro Jahr mehrere Gelege mit jeweils ein bis zwei Eiern ab. Die Jungen schlüpfen nach drei bis acht Monaten. Bis zum Erreichen der Geschlechtsreife können bis zu zwölf Jahre vergehen, weshalb die Entnahme von Jungtieren oder semi-adulten Exemplaren aus der Natur eine echte Bedrohung der Populationen darstellt.

PHOTO BY K. H. SWITAK

Dorsalansicht einer Afrikanischen Schnabelbrust-Schildkröte (*Chersina angulata*) aus dem Addo Elephant Park, Südafrika.

Es gab Zeiten, in denen diese Art in sehr großen Stückzahlen importiert und für wenig Geld im Handel angeboten wurde. Allerdings verstarben fast alle diese Tiere innerhalb von nur wenigen Monaten, was vermutlich daran lag, daß sie die relativ feuchten Klimabedingungen in Europa und in Nordamerika nicht verkraften konnten.

Die Haltung der Afrikanischen Schnabelbrust-Schildkröte ist mindestens genauso, wenn nicht sogar schwieriger, als die der Gopherschildkröten und kann aus diesem Grunde nur mit gravierenden Einschränkungen empfohlen werden. Heute ist der Export der Art aus Südafrika verboten, was als ausgesprochenes Glück für die Tiere betrachtet werden sollte. Wer sich trotzdem mit den Haltungsproblemen dieser Tiere auseinandersetzen möchte, der sollte sich nach den selten angebotenen Nachzuchten umschauen, die vielleicht die Geldausgabe wert sein mögen.

FLACHSCHILDKRÖTEN

Die Gattung Homopus ist nur in Südafrika verbreitet. Derzeit werden fünf Arten anerkannt, allerdings existieren auch etliche Unterarten und angebliche Synonyme, die vielleicht eines Tages wieder in den Artstatus erhoben werden.

Es handelt sich um die kleinsten Landschildkröten, die selten eine Carapaxlänge von 15cm überschreiten und gelegentlich sogar mit weniger als 10cm ausgewachsen sind. Der Carapax ist flach oder nur schwach gewölbt, und die Schilder sind nicht, wie beispielsweise bei *Psammobates*, pyramidenförmig ausgebildet. Die Grundfarbe ist meist bräunlich mit schwachen Zeichnungselementen wie stumpfgelben Ringen oder dunkelbraunen bis schwärzlichen Flecken. Die Männchen besitzen sehr flache Bauchpanzer und lange Schwänze.

Es hat sich als nahezu unmöglich erwiesen, Flachschildkröten über einen längeren Zeitraum außerhalb Südafrikas zu halten. Sie bewohnen sehr trockene, steinige Steppen und Wüsten, wo sie sich in niedrigen, dornigen Sträuchern und Büschen aufhalten.

PHOTO BY K. H. SWITAK

Ventralansicht einer Afrikanischen Schnabelbrust-Schildkröte. Man beachte das für die Art typische, sehr lange, einzelne Gularschild.

Die Weibchen legen nur ein bis zwei, ganz selten bis zu fünf Eier. Nach einer Inkubationsdauer von vier bis zehn Monaten schlüpfen die 2,5 bis 3cm langen Jungtiere. Die Männchen dieser Arten können sehr aggressiv sein und sollten deshalb generell einzeln gehalten werden. Die Art benötigt trockene und warme Klimabedingungen, wächst sehr langsam und ist - unter optimalen Bedingungen - ausgesprochen langlebig.

Heute ist nur die Areolen-Flachschildkröte, *H. areolatus*, gelegentlich in der Terraristik anzutreffen, obwohl die Gesägte Flachschildkröte, *H. signatus*, früher ebenfalls aus Südafrika importiert wurde. Die Areolen-Flachschildkröte, die oftmals auch als Papageienschnabel-Schildkröte bezeichnet wird, ist eine sehr interessante Art. Die Nase der Männchen ist während der Paarungszeit leuchtend rosaorangefarben, und auch der Panzer kann in dieser Zeit einen rosafarbenen Schimmer zeigen. Die Mittelfelder der Schilder sind abgeflacht und gelblich; die Grundfarbe ist bräunlich.

Diese Art besitzt einen deutlich höheren Carapax als die Gesägte Flachschildkröte, die ausgesprochen flach ist, auf einem braunen Untergrund dunkelbraune oder schwarze Sprenkel zeigt und gezahnte Marginalia besitzt. Sie ist mit einer adulten Carapaxlänge von weniger als 10cm die kleinste Landschildkrötenart der Welt.

Wer in Gebieten wohnt, in denen eine erhöhte Luftfeuchtigkeit herrscht, sollte den Gedanken an die Haltung dieser Tiere am besten gleich wieder verwerfen. Die einzige Möglichkeit, die eine Chance auf Erfolg haben könnte, wäre ein warmes Steinwüstenterrarium mit einer speziellen, elektronischen Kontrolleinrichtung, die die Luftfeuchtigkeit so niedrig wie möglich hält. Die beste Lösung für die Schildkröten ist in jedem Fall, sie in ihrer Heimat zu belassen - die geeignetste Alternative für den interessierten Pfleger wäre, nach Südafrika umzusiedeln.

PHOTO BY K. H. SWITAK

Ein Männchen der Gesägten Flachschildkröte (*Homopus signatus*) aus Springbok, Kap-Provinz, Südafrika.

GEOMETRISCHE LANDSCHILDKRÖTE

Die Arten der Gattung *Psammobates* sind empfindliche, kleine "Sterne" mit hohem Carapax, deren einzelne Schilder, ähnlich der Sternschildkröte, wie kleine Pyramiden gewachsen sind. Sie gehören zu den schönsten aller Landschildkröten, sind jedoch wie andere südafrikanische Arten, Bewohner trockener, sandiger oder steiniger Steppen und Wüsten, sehr empfindlich und für die Terrarienhaltung ungeeignet.

Die Arten sind der Gattung *Homopus* relativ ähnlich, mit einer Lebenserwartung von weit über 20 Jahren relativ langlebig und legen nur wenige Eier. Sie vertragen keine hohe Luftfeuchtigkeit und sind im Terrarium meist kurzlebig. Nur wenige Exemplare erreichen eine Carapaxlänge von 15cm.

Eine Art, die Stachelrand-Landschildkröte, *P. oculiferus*, zeigt nicht nur eine wunderschöne Strahlenzeichnung, sondern besitzt darüber hinaus auch noch sehr attraktiv geformte Marginalia, deren Ränder an jeweils einer Seite eine Spitze bilden. Dieser stachlige Umriß ist einer der auffälligsten unter den Landschildkröten.

Die Höcker-Landschildkröte oder Zeltschildkröte, *Psammobates tentorius*, wurde früher häufiger importiert, ist jedoch heute streng geschützt und in der Terraristik kaum vertreten. Mit einer Carapaxlänge von fast 15cm ist sie der Riese in dieser Gattung, obwohl die meisten Exemplare bereits mit etwa 10cm ausgewachsen sind. Die Weibchen legen ein oder zwei Eier; die Jungen schlüpfen nach ungefähr neun Monaten.

Die Art ist unglaublich variabel und wurde bereits mindestens zwanzig Mal umbenannt. Vermutlich repräsentiert sie tatsächlich eine Gruppe ähnlicher Arten oder Unterarten. Die Männchen sind viel kleiner als die Weibchen und besitzen ein sehr flaches Plastron.

PHOTO BY R. D. BARTLETT

Die rosaorangefarbene Schnauze dieser Areolen-Flachschildkröte (*Homopus areolatus*) ist bezeichnend. Einige Exemplare, besonders Männchen, sind noch farbenprächtiger, aber selbst blasse sind doch noch "bunter" als die meisten anderen Landschildkröten. Leider ist die Art eine Rarität.

SPALTENSCHILDKRÖTE

Sie ist die wohl ungewöhnlichste aller Landschildkröten. Die Art ist in den trockenen Bergregionen von Tansania und Kenia beheimatet. Zum Schutz gegen ihre Freßfeinde flüchten die Tiere unter Felsblöcke, wo sie sich mit ihren kräftigen Krallen verkeilen. Um diesem Fluchtverhalten Rechnung zu tragen, haben sie die Starrheit eines typischen Landschildkrötenpanzers opfern müssen und einen extrem abgeflachten, flexiblen Panzer entwickelt, der es ihnen ermöglicht, sich auch noch in sehr schmale Zwischenräume zu zwängen, ohne sich dabei zu verletzen oder so einzuklemmen, daß sie ihr Versteck nicht mehr verlassen können. Sie können schnell rennen und ausgezeichnet klettern.

Da die Tiere ausschließlich in felsigen Gebieten leben und sich auch niemals weit von ihren schützenden Unterschlüpfen entfernen, existieren viele isolierte Populationen, die in Färbung und Größe recht variabel sind. Die meisten Exemplare sind mit etwa 12cm ausgewachsen, bräunlich gefärbt und mit undeutlichen, strahlenförmigen, gelblichen Linien gezeichnet.

Sie fressen gerne verschiedene Gemüsesorten, Grünfutter und einige Früchte sowie hin und wieder kleine Mengen fleischlicher Nahrung. Die Männchen sind außerhalb der Paarungszeit relativ friedfertig, kleiner und breiter als die Weibchen und besitzen, wie gewöhnlich, relativ längere Schwänze. Die Weibchen können innerhalb einer Saison mehrere Gelege produzieren, von denen jedoch jedes nur aus einem einzelnen Ei besteht. Dieses ist im Gegensatz zu den Eiern der meisten anderen Arten auffällig länglich.

Spaltenschildkröten wurden früher in großen Mengen importiert und sind nicht besonders schwierig zu halten. Obwohl die Nachzucht relativ regelmäßig gelingt, sind die meisten im Angebot befindlichen Tiere Wildfangexemplare aus Tansania. Felduntersuchungen in Tansania haben ergeben, daß die Populationen unter Übersammlung leiden, was auf weitere Sicht unweigerlich zur Ausrottung der Art führen wird. Deshalb sind Bestrebungen im Gange, die Ausfuhr aus Tansania zu beschränken oder sogar völlig einzustellen. Dieses Vorhaben wird allerdings zur Zeit noch durch einen akuten Geldmangel des

PHOTO BY K. H. SWITAK

Die Stachelrand-Landschildkröte (*Psammobates oculiferus*) gleicht auf den ersten Blick der Sternschildkröte, nur sind die Ränder der Marginalia hier dornenartig geformt, was bei Jungtieren besonders auffällig ist.

Landes an der Durchführung gehindert.

Um sicherzustellen, daß die Art der Terraristik erhalten bleibt und um den Druck auf die natürlichen Populationen zu vermindern, ist es unbedingt erforderlich, sich noch intensiver mit der Vermehrung dieser Tiere zu befassen, bessere und zahlreichere Ergebnisse zu erzielen, um so die bestehende Nachfrage mit Nachzuchttieren zu decken.

SCHARNIERSCHILDKRÖTEN

Viele unterschiedliche Schildkrötenarten haben ein Plastron entwickelt, das mit einem "Gelenk" ausgestattet ist. Dieser Schließmechanismus, bei einigen Arten als Scharnier bezeichnet, ermöglicht es den Tieren, ihren Panzer zu schließen und sich so vor Freßfeinden zu schützen. Bei der Gattung *Kinixys* verläuft das "Gelenk" jedoch quer über den Rückenpanzer, wodurch die Tiere

PHOTO BY K. H. SWITAK

Diese schöne Spaltenschildkröte (*Malacochersus tornieri*) besitzt eine sehr ebenmäßige Zeichnung.

PHOTO BY K. H. SWITAK

Dieses Foto eines Jungtiers der Spaltenschildkröte (*Malacochersus tornieri*) demonstriert, wie flach diese Art ist. Die Tiere zwängen sich oft in sehr enge Felsspalten, wo sie vor Freßfeinden sicher sind.

das hintere Carapaxteil hinunterklappen können. Die Jungtiere haben einen abgeflachten Carapax, gezahnte Marginalia, jedoch kein Gelenk und ähneln stark den Flachschildkröten (Gattung *Homopus*) oder auch kleinen Erdschildkröten (Gattung *Heosemys*).

Ein zuverlässiges Unterscheidungsmerkmal ist die Tatsache, daß alle *Kinixys*-Arten nördlich der Verbreitung der Flachschildkröten leben und die meisten von ihnen Bewohner von feuchten Tropenwäldern oder bewaldeten Savannenrändern sind. Einige westafrikanische Länder exportieren derzeit wenigstens zwei Arten, so daß diese häufiger in der Terraristik vertreten sind. Leider lassen sich die Tiere nur selten über längere Zeit erfolgreich halten.

Mit Ausnahme von nur einer Art, der wenig bekannten, aus den trockenen Steppen Südafrikas stammenden Natal-Scharnierschildkröte, *K. natalensis*, verlangen die anderen Vertreter dieser Gattung ein warmes und feuchtes Klima. Die Vorzugstemperaturen liegen bei 30°C, die geforderte Luftfeuchte beträgt über 70%. Außerdem benötigen die Tiere ein größeres Wasserteil zum Baden und Schwimmen - das ist kein Schreibfehler, die Tiere schwimmen tatsächlich gerne, ausgiebig und gut. Bei der Freilandhaltung ist unbedingt darauf zu achten, daß die Temperatur nicht für länger als ein paar Stunden unter 21°C sinkt.

Die Beine dieser Arten sind relativ schlank, lang und ihre Fortbewegungsweise wirkt ungewöhnlich. Sie ernähren sich sowohl von tierischem Protein als auch von dem üblichen Grünfutter. Die Tiere graben kleine Schnecken und Tausendfüßler aus der Laubschicht des Waldbodens aus und fangen sogar an

PHOTO BY R. D. BARTLETT

Pyxis planicauda (Madagassische Flachrücken-Schildkröte) ist eine seltene Art von Madagaskar, die oft in die Gattung *Acinixys* gestellt wird.

PHOTO BY R. D. BARTLETT

Kinixys erosa (Stachelrand-Scharnierschildkröte) zeigt kräftig ausgebildete Ecken an den hinteren Marginalia.

PHOTO BY J. VISSER

Kinixys belliana (Glattrand-Scharnierschildkröte) ist sehr variabel. Dieses Exemplar gehört zur Unterart *K. b. speki* aus dem Südosten Afrikas.

den flachen Uferrändern von Flüssen Wasserschnecken, Krabben und kleine Fische.

Der Carapax der Scharnierschildkröten ist länglich und gewöhnlich braun und mit matten gelben Ringen oder strahlenförmigen Linien gezeichnet. Bei *Kinixys erosa* aus dem westlichen und zentralen Afrika sind die hinteren Marginalia stark gezahnt. Die aus Westafrika stammende *K. homeana* hat einen sehr merkwürdig geformten Carapax. Er fällt etwa auf Höhe der Rückenmitte in einem fast rechten Winkel nach hinten ab, was von der Seite betrachtet so aussieht, als hätte man dem Tier seinen Hinterleib abgeschnitten. Diese Form brachte der Art den äußerst treffenden Namen "Stutz-Scharnierschildkröte" ein.

Die weitverbreitete *K. belliana* ist von Senegal bis Somalia und südlich bis nach KwaZulu-Natal zu finden und lebt in eher trockenen Wäldern an den Rändern zu Savannen. Soweit ihr feuchtere Waldgebiete zur Verfügung stehen, fühlt sie sich auch dort sehr wohl. Die Art ist extrem variabel, weshalb viele Unterarten beschrieben wurden, darunter auch eine mit nur jeweils vier Krallen an den Vorderfüßen. Außerdem wurden etliche Lokalvarietäten benannt.

Die Vermehrung der Scharnierschildkröten gelingt nur selten. *Kinixys belliana* legt zwei bis sieben längliche Eier, die in der Natur nach etwa drei bis vier Monaten schlüpfen. Die Weibchen können ungefähr alle sechs Wochen ein Gelege produzieren. In Deutschland wurde *K. homeana*, soweit veröffentlicht, bisher nur einmal erfolgreich gezüchtet. Die drei Jungtiere schlüpften nach einer Inkubationszeit von 119 bis 127 Tagen. Die Eier wurden nach der Ablage in einem Brutkasten bei Temperaturen zwischen 27 und 32°C gezeitigt. Innerhalb von etwas mehr als zwei Jahren wuchsen die Jungen von einer Länge von 4cm auf das stattliche Maß von 13cm heran. Sie wurden mit Regenwürmern, Fisch und rohem Fleisch ernährt.

Der abgeflachte Carapax der Jungtiere begann sich erst zu wölben, als die Tiere ein Jahr alt waren. Direkt nach dem Schlupf wurde nur Futter akzeptiert, das sich bewegte, und Früchte wurden erst ab einem Alter von einem Jahr angenommen. Diese Art ist bereits vom Jungtieralter an anderen Schildkrötenarten gegenüber ausgesprochen aggressiv. Untereinander kommt es allerdings nur sehr selten zu Auseinandersetzungen.

Wie bei so vielen anderen westafrikanischen und vermutlich auch zentralafrikanischen Landschildkröten ist auch der natürliche Lebensraum dieser Art durch Abholzung und Urbarmachung stark bedroht. Dennoch ist die Entnahme aus der Natur, nur um sie zu Hause im Terrarium sterben zu sehen, keine Lösung und trägt auch nichts zum Erhalt der Art bei. Dies ist eine Aufgabe für die Experten unter den Landschildkrötenpflegern, denn nur sie werden in der Lage sein, die Art durch gezielte und verstärkte Fortpflanzungsbestrebungen für die Terraristik zu erhalten.

SPINNENSCHILDKRÖTE

Die beiden Arten der Gattung *Pyxis* stammen nicht vom afrikanischen Festland, sondern sind auf Madagaskar beheimatet. Beide sind kleine Landschildkröten, die ausgewachsen weniger als 15cm messen und flache, braune, gelb gezeichnete Rükkenpanzer besitzen.

Bei der Spinnenschildkröte, *Pyxis arachnoides*, von der südwestlichen Küste Madagaskars ist der Carapax mit strahlenförmigen, gelben Linien bedeckt, ganz ähnlich der Strahlenschildkröte. Hierbei handelt es sich um die einzige Landschildkröte mit einem Gelenk im vorderen Bereich des Plastron, was ihr das fast vollständige Schließen ihres Panzers ermöglicht. Von den drei anerkannten Unterarten verfügen jedoch nicht alle über diesen Schließmechanismus. Die Weibchen legen ein einzelnes Ei.

Leider ist über die Pflegeansprüche dieser Art kaum etwas bekannt. Sie lebt in trockenen Dünen und dornigem

PHOTO BY R. S. SIMMONS

Die Glattrand-Scharnierschildkröte (*Kinixys belliana*) ist eine der häufigsten Scharnierschildkröten und wurde bereits gelegentlich nachgezogen.

PHOTO BY J. VISSER

Die kleine Natal-Scharnierschildkröte (*Kinixys natalensis*) lebt bevorzugt in trockenen Steppen.

PHOTO BY R. D. BARTLETT

Pyxis arachnoides (Spinnenschildkröte) ist sehr selten, und über ihre Haltungsbedingungen ist nur wenig bekannt.

PHOTO BY K. H. SWITAK

Die seltene *Psammobates tentorius* (Höcker-Landschildkröte, hier die Unterart *trimeni*) ist eine der kleinsten Landschildkröten. Sie hat außerhalb Südafrikas kaum eine Überlebenschance.

Gestrüpp und ernährt sich von Früchten und Insektenlarven, die sie beispielsweise aus Kuhdung herauspickt.

Pyxis planicauda, die Madagassische Flachrücken-Schildkröte, ist nur aus einem sehr kleinen Gebiet an der zentralen Westküste von Madagaskar bekannt. Ihr auffallend flacher Carapax ist braun mit gelben Mittelfeldern sowie einigen ebenfalls gelben, strahlenförmigen Linien auf den Centralia und Costalia. Bei einigen Exemplaren sind die Mittelfelder der Schilder anstatt gelb, kräftig rotbraun gefärbt, was besonders attraktiv aussieht. Die Marginalia über der Schwanzregion und den Hinterbeinen sind stark nach unten gebogen, so wie man es von der Köhler- und Waldschildkröte kennt. Ein Carapax- oder Plastrongelenk ist nicht vorhanden.

Die Art bewohnt trockene Laubwälder, wo sie die Trockenzeit in der Laubschicht des Waldbodens versteckt verbringt. Mit Beginn der Regenzeit werden die Tiere aktiv, verlassen ihre Verstecke und fangen wieder an zu fressen, paaren sich und legen Eier, bis die nächste Trockenzeit kommt und sie sich wieder zu einer Trockenruhe in ihre Verstecke am Waldboden zurückziehen. Die Zerstörung der Wälder schreitet auch auf Madagaskar stetig und rasant voran und resultiert, wie überall, in einer rapiden Dezimierung der Reptilien- und Amphibienpopulationen. Obwohl immer wieder von den Ausfuhrverboten und den auf Madagaskar herrschenden, strengen Artenschutzgesetzen gesprochen wird, tauchen trotzdem von dort stammende Reptilien auf wundersame Weise im Handel auf.

PHOTO BY J. VISSER

Die Jungtiere der Höcker-Landschildkröte (*Psammobates tentorius*, hier eine Kreuzung zwischen *P. t. tentorius* und *P. t. verroxi*) sehen wie Kreissägeblätter aus.

DIE UNERREICHBAREN

Bevor wir nun abschließend zu den Schildkröten der Gattung *Gopherus* kommen, soll eines gleich im Vorfeld gesagt werden - die vier Arten dieser Gattung sind für den Norden Mexikos und den Süden der Vereinigten Staaten endemisch und stehen alle unter gesetzlichem Schutz. Wer sich der Hoffnung hingibt, eine dieser Arten im Handel zu finden, der hofft vergebens - es sei denn, es handelt sich um illegal gefangene Exemplare.

Erst kürzlich wurden enorme Mengen von Spendengeldern zum Schutz der Wüsten-Gopherschildkröte, *Gopherus agassizi*, in Kalifornien und Nevada zur Verfügung gestellt. Der dort herrschende Bauboom hat zur fast vollständigen Zerstörung der trockenen, steinigen Steppen- und Wüstenregionen geführt, in denen die Tiere leben.

Die Gewöhnliche Gopherschildkröte, *G. polyphemus*, aus dem Südosten der Vereinigten Staaten steht derzeit in den meisten ihrer Verbreitungszonen unter zumindest vorübergehenden Schutz. Die Vertreter dieser Art büßen nicht nur durch Urbarmachung und Baumaßnahmen ihre hügligen Sandbiotope ein, sondern fallen auch noch einer anderen Vernichtungsmethode zum Opfer. Die Menschen gießen Benzin in ihre im Sand ausgehobenen Schlafhöhlen, um darin sich aufhaltende Klapperschlangen zu fangen oder zu töten.

In Texas wurde die Texas-Gopherschildkröte, *G. berlandieri*, unter Schutz gestellt, weil zu viele Exemplare auf den Schnellstraßen umkommen und von gedankenlosen Touristen eingesammelt werden. Sie können es sich einfach nicht verkneifen, auf den Camping- oder Parkplätzen herumlaufende Exemplare als lebende Reiseandenken mitzunehmen. Dabei sind die wenigsten dieser Touristen Terrarianer. Sie besitzen keinerlei diesbezügliches Fachwissen und haben eigentlich auch kaum eine Vorstellung davon, was sie mit dem Tier zu Hause anfangen werden.

PHOTO BY J. R. LOLL

Schlüpfling und Ei der Gewöhnlichen Gopherschildkröte (*Gopherus polyphemus*).

In Mexiko werden Gopherschildkröten gesammelt und auf illegale Weise im Norden über die Grenze gebracht, was den Schwarzmarkthandel mit geschützten Tierarten aufblühen läßt.

Nun mag man sich natürlich fragen, was Artenschutzgesetze denn wert sind, wenn die Biotope weiterhin zerstört werden und den Tieren kein Raum zum Leben mehr bleibt. Ist es in solchen Fällen nicht besser, sie wenigstens im Terrarium zu erhalten, anstatt zu warten, bis sie gänzlich und unwiederbringlich ausgerottet sind? Bei vielen Tierarten ist man geneigt, diese Frage mit einem deutlichen "Ja" zu beantworten, jedoch kommt bei den Gopherschildkröten ein nicht zu unterschätzendes, zusätzliches Problem hinzu. Wer nicht gerade dort lebt, wo diese Arten natürlich vorkommen, wird sie nicht über einen längeren Zeitraum am Leben halten können. Es handelt sich hier um ausgesprochen spezialisierte Tiere, die nahezu unfähig sind, sich an die Bedingungen in einem Terrarium anzupassen. Sicherlich gibt es auch hier Ausnahmen, allerdings sollte man seine Augen nicht vor der Tatsache verschließen, daß die Sterberate dieser Arten in der Terraristik um ein Vielfaches höher liegt als die kaum nennenswerte Zahl von bisher gezüchteten Exemplaren.

Bis vor ungefähr einer Million Jahren war Nordamerika die Heimat von vielen unterschiedlichen Landschildkrötenarten der Gattungen *Gopherus* und *Geochelone*. Einige der *Geochelone*-Arten waren Riesenschildkröten, deren Verbreitung in nördlicher Richtung bis an die kanadische Grenze reichte. Sie lebten in den warmen, klimatisch sehr konstanten Steppen und Wäldern, die den größten Teil der zentralen und südlichen Vereinigten Staaten bedeckten. Während des Pleistozän wurde das Klima durch die ständigen Wechsel von Eiszeiten und Zwischeneiszeiten bleibend beeinflußt. Die Eiszeiten waren sehr trocken, denn das meiste Wasser war in Gletschern gebunden, wohingegen die Warmzeiten, wenn die Gletscher schmolzen und das Wasser wieder freigaben, ausgesprochen feuchte Epochen darstellten. So entstanden letztendlich die heute in vielen Teilen der Vereinigten Staaten und im Norden Mexikos herrschenden, langen kalten Winter.

Die aus der nördlichen Verbreitung stammenden *Geochelone*-Arten konnten sich scheinbar nicht an kalte Nachttemperaturen anpassen und hatten vermutlich nie gelernt, sich zum Schutz dagegen einzugraben - sie starben auf dem nordamerikanischen Kontinent aus. Die Vorfahren der Gopherschildkröten paßten sich hingegen an und überlebten zumindest in den Gebieten, in denen der Bodengrund zum Graben geeignet und die Tage warm genug waren, um die meiste Zeit des Jahres aktiv zu sein.

Heute befinden sich die Gopherschildkröten erneut am Rande der Ausrottung, und diesmal werden sie vermutlich nicht in der Lage sein, sich an ein Leben in einem Glasbehälter oder an die totbringenden Autos und benzingefüllten Schlafhöhlen in ihren verbliebenen Lebensräumen anzupassen.

PHOTO BY DR. P. C. H. PRITCHARD

Die Mexikanische Gopherschildkröte (*Gopherus flavomarginatus*) war ein unverhoffter Fund im Norden Mexikos.

PHOTO BY R. T. ZAPPALORTI

Ein großes, dunkles Exemplar der Gewöhnlichen Gopherschildkröte (*Gopherus polyphemus*) aus Georgia, USA.

GOPHERSCHILDKRÖTEN

Die vier Arten der Gattung *Gopherus* können in zwei Gruppen unterteilt werden. Das erste Gruppe besteht aus der Gewöhnlichen Gopherschildkröte, *G. polyphemus*, aus dem Südosten und aus der Mexikanischen Gopherschildkröte, *G. flavomarginatus*, aus dem Norden von Mexiko. Die letztgenannte Art wird bis zu 35cm lang und besitzt einen eher flachen, rundlichen, fast völlig dunkelbraunen Carapax. Sie ist der Gewöhnlichen Gopherschildkröte sehr ähnlich und wurde erst 1959 als eigenständige Art beschrieben, weshalb einige, im vorigen Jahrzehnt gesammelte Exemplare fälschlicherweise als Gewöhnliche Gopherschildkröten identifiziert wurden. Heute ist die Art im größten Maße dadurch gefährdet, daß ihr Lebensraum, die letzten Steppengebiete, durch Viehzucht zerstört und die Schildkröten zu Schmorfleisch verarbeitet werden.

Die Gewöhnliche Gopherschildkröte ist von der Südküste South Carolinas bis ins östliche Louisiana verbreitet, wo sie in sandigen Kiefernwälder, in komplex angelegten, tiefen Erdhöhlen lebt. Sie teilt sich diese Höhlen mit anderen Tieren, von denen einige ausschließlich in diesen Bauten zu finden sind. Aus diesem Grunde würde das Aussterben der Art auch den Tod für andere Tierarten wie verschiedene Käfer, Grillen, Fliegen und sogar Frösche bedeuten.

Die Gewöhnliche Gopherschildkröte erreicht eine Carapaxlänge von 25 cm. Sie ist ein breites, schweres Tier, das trotz aller Schutzmaßnahmen auch heute noch gegessen wird.

Die Texas-Gopherschildkröte, *G. berlandieri*, kommt vom südlichen Mitteltexas bis in den Nordosten von Mexiko vor. Mit einer Adultlänge von nur 20cm ist sie die kleinste Art der Gattung. Sie wirkt relativ bullig, und ihr brauner Carapax ist durch die Wachstumsringe stark strukturiert, was der Art ein sehr attraktives Aussehen verleiht. Sie bewohnt strauchbewachsene Waldzonen und Wüsten, meistens in der Nähe von bewohnten Gebieten.

Obwohl diese Tiere für Schildkröten erstaunlich schnell laufen können, sind sie dem Wettlauf mit den Autos auf dichtbefahrenen Straßen natürlich nicht gewachsen.

Aufgrund der milden Winter in ihrem Verbreitungsgebiet, graben sie keine tiefen Erdhöhlen, sondern ziehen sich zur Nacht in flache Sandmulden oder Graskuhlen zurück. Ihr natürliches Futter besteht aus Kakteen, Gräsern und gelegentlich auch aus verschiedenen Insekten und Schnecken.

Die Art ist eng mit der Wüsten-

PHOTO BY K. H. SWITAK

Kämpfende Männchen der Wüsten-Gopherschildkröte (*Gopherus agassizi*). Man beachte das große, gabelartige Gularschild.

PHOTO BY R. D. BARTLETT

Die Texas-Gopherschildkröte (*Gopherus berlandieri*) ist wohl die attraktivste aller Gopherschildkröten. In Südtexas ist sie auch heute noch häufig.

PHOTO BY K. H. SWITAK

Eine Hand voll Schlüpflinge der Texas-Gopherschildkröte (*Gopherus berlandieri*).

Gopherschildkröte, *G. agassizi*, verwandt, die vom südwestlichen Arizona bis nach Utah, Kalifornien und in den Nordwesten von Mexiko verbreitet ist. Dort bewohnt sie Wüsten, in denen die Nachttemperaturen oftmals sehr niedrig sind. Die Tiere schützen sich vor solch unwirtlichen Nächten, indem sie sich in Erhöhlen vergraben, die bis zu acht Meter tief sein können. Sie ernähren sich von verschiedenen Gräsern, Früchten und kleinen Wirbellosen.

BEOBACHTEN, JA - FANGEN, NEIN

Wer an den Gopherschildkröten und ihren Verhaltensweisen interessiert ist, sollte einen Urlaub in eines ihrer Verbreitungsgebiete planen und sie in der Natur beobachten, solange er noch die Gelegentheit dazu hat. Die Texas-, Wüsten- und die Gewöhnliche Gopherschildkröte sind in einigen Gebieten noch häufiger anzutreffen und mit einem ortskundigen Führer einfach aufzuspüren.

Wenn die Tiere aufgewärmt sind und im Schatten auf Futtersuche gehen, bietet sich die Gelegenheit für ausgiebige Beobachtungen und einige gute Fotos. Es ist nichts dagegen einzuwenden, ein Exemplar für ein schönes Foto vorübergehend "umzusetzen" oder für eine nähere Inaugenscheinnahme in die Hand zu nehmen, jedoch sollte das Tier keinesfalls für längere Zeit der prallen Sonne ausgesetzt sein und in jedem Fall dorthin zurückgebracht werden, wo es aufgenommen wurde. Wie alle Landschildkröten überhitzen auch Gopherschildkröten relativ schnell. Außerdem sind die Tiere extrem standorttreu und legen oftmals regelrechte Schildkrötenpfade von ihren Wohnhöhlen zu favorisierten Freßplätzen an. Die Weibchen legen ihre Eier manchmal am Rand ihrer Höhlen in flache "Vorbauten" aus zusammengebackener Erde ab.

Ob zur Beobachtung der Mexikanischen Gopherschildkröte ebenfalls offizielle Touren mit Führer angeboten werden, kann hier nicht mit Sicherheit gesagt werden, jedoch wäre es bestimmt lohnenswert, sich diesbezüglich zu erkundigen und gegebenenfalls an einer dieser Touren teilzunehmen, bevor die Tiere völlig aussterben und nur noch in einigen wenigen Zoos zu besichtigen sind.